IN 30 MINUTEN AUF DEM TISCH

GERICHTE AUS EINEM TOPF

60 SUPERSCHNELLE REZEPTE

IN 30 MINUTEN AUF DEM TISCH

GERICHTE AUS EINEM TOPF

60 SUPERSCHNELLE REZEPTE

LOVE FOOD™

This edition published by Parragon Books Ltd
LOVE FOOD is an imprint of Parragon Books Ltd

Parragon Books Ltd
Chartist House
15–17 Trim Street
Bath BA1 1HA, UK
www.parragon.com

Projektmanagement: Annabel King
Neue Rezepte und Einleitung: Robin Donovan
Neue Fotografien: Ian Garlick

Layout: Design by Persephone Coelho

Realisation der deutschen Ausgabe:
trans texas publishing service GmbH, Köln
Übersetzung: Aggi Becker, Köln

ISBN 978-1-4723-5800-4

Printed in China

Hinweis
Sofern die Schale von Zitrusfrüchten benötigt wird, verwenden Sie unbedingt unbehandelte, heiß abgewaschene Früchte. Sind Zutaten in Löffeln angegeben, ist immer ein gestrichener Löffel gemeint: Ein Teelöffel entspricht 5 ml, ein Esslöffel 15 ml. Sofern nicht anders angegeben, wird Magermilch (0,3 % Fett) verwendet. Eier und einzelne Gemüsestücke sind von mittlerer Größe. Pfeffer wird grundsätzlich frisch gemahlen verwendet. Wurzelgemüse sollte vor der Weiterverarbeitung geschält werden. Gerichte mit rohen oder nur leicht gegarten Eiern sollten von Kindern, Senioren, Schwangeren, Kranken und Rekonvaleszenten gemieden werden. Schwangeren und stillenden Müttern wird überdies vom Verzehr von Erdnüssen und Erdnussprodukten abgeraten. Menschen mit Nussallergie sollten sich vor der Verwendung von Fertigprodukten vergewissern, dass diese keine Nüsse enthalten.

INHALT

EINLEITUNG

Je mehr zeitsparende Erfindungen unsere Gesellschaft hervorbringt, desto ruheloser erscheint uns unser Leben. Eines der größten Probleme ist für viele das Abendessen. Besonders, wenn man nach einem langen Bürotag oder einer albtraumhaften Bahnfahrt nach Hause kommt, vielleicht noch mit an Armen und Beinen zerrenden Kindern, und schnell etwas auf den Tisch zaubern muss. Wir hätten es nicht nur gern schnell zubereitet, es sollte auch nicht zu viel Unordnung verursachen. Wozu sollte es gut sein, wenn der Abwasch länger dauert als das Kochen? Oh, und es muss natürlich absolut köstlich schmecken.

Sicherlich gibt es unzählige Schnellrestaurantketten, türkische Imbisse, Pizzabuden oder chinesisches Essen zum Mitnehmen, das problemlos die ganze Familie satt macht. Man kann es sich sogar bringen lassen und müsste nicht einmal aus dem Haus. Doch dieses Essen hat ein paar Nachteile. Zum einen ist es ziemlich teuer. Zum anderen ist es nicht besonders gesund. Doch Hoffnung ist in Sicht: Sie können an jedem Abend der Woche gesund, günstig, leicht, frisch und lecker essen. Mit ein paar guten Rezepten und einigen wenigen nützlichen Tipps in der Schürzentasche ist es so einfach, ein fantastisches Gericht in kurzer Zeit zu kochen, dass Sie es jeden Tag schaffen können.

Nein, der Trick liegt nicht darin, fertig zubereitete Gerichte aufzupeppen. Wir empfehlen zwar ein paar Hilfsmittel aus dem Supermarkt – beispielsweise bereits gewaschene Salatblätter, fertige Brühe und fertiges Knoblauchpüree – doch wir kochen frische Gerichte mit so gesunden Zutaten wie möglich. Und die Rezepte sind ganz einfach. So einfach, dass wirklich jedes Rezept in diesem Buch von Anfang bis Ende in maximal 30 Minuten zubereitet ist und nur ein Kochgerät benötigt wird.

Der 30-Minuten-Countdown startet hier

Trick Nr. 1: Mit Planung gelingt alles

Der beste Weg, ein schnelles Gericht auch wirklich hinzubekommen, ist eine sorgfältige Planung. Nehmen Sie sich am Wochenende ein paar Minuten Zeit, über den Speiseplan für die Woche nachzudenken. Schauen Sie nach, was Sie im Schrank haben und machen Sie für die übrigen benötigten Zutaten eine Einkaufsliste.

Schauen Sie, ob Computer, Tablet- und Smartphone-Apps Ihnen helfen können. Es gibt Programme, mit denen man Einkauflisten erstellen, Barcodes scannen, die Einkaufsliste auf verschiedenen Geräten synchronisieren und anderen Familienmitgliedern sogar Nachrichten senden kann, damit sie die Milch oder Eiscreme auf dem Nachhauseweg mitbringen.

Mit Menüplan und Einkaufsliste bewaffnet kann man alles auf einmal einkaufen. Falls es die Zeit erlaubt, können Sie sofort danach kleine Vorbereitungen treffen – Gemüse waschen, Fleisch würfeln, eine Marinade zubereiten und das Fleisch für den nächsten Tag darin einlegen oder eine ausreichende Menge Salatdressing für die ganze nächste Woche zubereiten. Das alles kann man ganz gemütlich an einem Sonntagnachmittag für die folgende Woche vorbereiten.

SO KOCHEN SIE MIT DIESEM BUCH

Der Countdown

Alle Rezepte in diesem Buch lassen sich in maximal 30 Minuten zubereiten. Sie werden sehen, dass die Rezeptanleitungen in Zeitschritte eingeteilt sind (zum Beispiel noch 30 Minuten, noch 20 Minuten usw.). In der Zutatenliste werden Sie fast nur unvorbereitete Zutaten finden (mit Ausnahme einiger weniger fertiger Zutaten aus dem Supermarkt). Anstatt also „1 Zwiebel, gehackt" zu sagen, führen wir lediglich „1 Zwiebel" auf. Die Zeit, um diese Zwiebel zu hacken, ist in den 30 Minuten für das Rezept enthalten.

Wenn Sie beginnen, verbleiben 30 Minuten, bis das Abendessen auf dem Tisch steht. Einige Rezepte fangen mit dem Vorheizen des Backofens an oder mit dem Auslegen oder Einfetten einer Backform. In anderen wird zunächst Gemüse geputzt oder eine Marinade für Fleisch gemacht.

In einigen Fällen wird Zeit gewonnen, indem man andere Teile der Mahlzeit zubereitet, während das Gericht kocht. Die Scharfen Fleischbällchen werden zum Beispiel im Backofen gegart. Während sie garen, bereiten Sie eine Sauce und einen Salat zu. Bei anderen Rezepten können Sie E-Mails lesen, den Tisch decken oder ein Glas Wein genießen, während das Essen vor sich hinkocht. Es gibt auch Rezepte, bei denen Sie während der gesamten 30 Minuten etwas tun müssen, doch mit dem schrittweisen Countdown wissen Sie immer, wie viel Zeit Ihnen noch zur Verfügung steht.

Bei manchen Rezepten finden Sie Abbildungen von verschiedenen Zubereitungsschritten des jeweiligen Gerichts. Die Zahlen auf den Abbildungen verweisen auf den entsprechenden Absatz. Da jedes Rezept in drei Absätze eingeteilt ist, sind die Abbildungen mit 1, 2 oder 3 nummeriert. Manchmal beziehen sich auch zwei Abbildungen auf nur einen Schritt, deshalb finden Sie mitunter beispielsweise die Zahlenfolge 1, 1, 2.

Was ist mit „einem Topf" gemeint?

Für alle Gerichte in diesem Buch wird nur ein Kochgerät benötigt. Es ist nicht immer ein Topf und die Gerichte sind keine herkömmlichen Eintöpfe, es kann auch eine Auflaufform, eine Backform, ein Backblech, eine Pfanne oder ein Stieltopf sein. Es geht uns darum, dass nur ein Kochgerät abzuwaschen ist. Auch das spart sicherlich viel Zeit.

Die bunten Tipps

Schauen Sie auf die bunt hinterlegten Tipps neben den Rezepten.

Ganz leicht! Dies sind einfache Rezepte, sie benötigen nur wenig Zeit, wenig Utensilien oder können am Tisch zusammengestellt werden.

Zeit gewinnen! Wenn es eng wird, können diese Tipps sehr hilfreich sein.

Vorbereiten! Für die meisten Rezepte kann am Abend zuvor schon etwas vorbereitet werden. Das spart etwas Zeit und das Abendessen ist vielleicht in weniger als 30 Minuten fertig.

Einfrieren! So ausgezeichnete Gerichte lassen sich gut einfrieren.

Tipp! Wertvolle Hinweise für ein gelungenes Mahl.

Variation! Hier werden Vorschläge zu alternativen Zutaten nach gleichem Rezept gemacht.

Der 30-Minuten-Countdown kommt näher

TIPPS FÜR DIE SCHNELLE ZUBEREITUNG

Einfach bleiben

Bereiten Sie jeweils nur ein frisches Gericht zu und reichen Sie dazu fertige Zutaten, wie gewaschene Salatblätter, fertiges Dressing und frisches Brot.

Lassen Sie den Fleischer arbeiten

Falls Sie beim Fleischer einkaufen oder Ihr Supermarkt eine Fleischtheke hat, bitten Sie den Metzger, Ihr Fleisch richtig vorzubereiten. Zum Beispiel können Sie Schweineschulter für ein Ragout würfeln lassen. Kaufen Sie ein ganzes Huhn und bitten Sie den Metzger, es in die von Ihnen gewünschten Stücke zu zerteilen (Viertel oder Achtel). Sie können ihn auch bitten, von Ihrem Fleisch Knochen, Fett und Haut zu entfernen.

Aus 1 mach 2: 1 x zubereiten – 2 x kochen

Zwei Zwiebeln würfeln. Eine davon in einen verschließbaren Gefrierbeutel geben und für den nächsten Tag im Kühlschrank aufbewahren.

In einer Küchenmaschine eine oder zwei ganze Knoblauchzwiebeln pürieren und in teelöffelgroßen Portionen auf einem Tablett einfrieren. Dann in einem verschließbaren Gefrierbeutel weiter im Tiefkühlfach aufbewahren. Eine Portion entspricht etwa einer Knoblauchzehe.

DER 30-MINUTEN-COUNTDOWN

Auch Kräuter können mit der Küchenmaschine fein gehackt und dann eingefroren werden. Dafür mit ein wenig Wasser oder Olivenöl vermischen und in kleinen Portionen in eine Eiswürfelform füllen. Sie können so ganz praktisch an Saucen, Suppen oder in die Pfanne gegeben werden und dem Gericht einen frischen Kräutergeschmack verleihen.

Multitasking

Teilen Sie die Zeitabläufe gut ein und bearbeiten Sie zuerst die Teile, die am längsten kochen. Bereiten Sie alles Weitere zu, während sie garen. Während zum Beispiel das Fleisch im Backofen schmort, haben Sie genug Zeit, einen Salat und ein frisches Dressing zuzubereiten.

Reste sind gute Freunde

Kochen Sie die doppelte Menge und frieren Sie die Hälfte für ein weiteres Essen ein. Hierfür eignen sich insbesondere Suppen und Ragouts, oder etwa eine Bolognese-Sauce. Gerichte wie Scharfe Fleischbällchen oder der Puten-Burger mit Avocado und Bohnensprossen können teilweise vorbereitet und eingefroren werden. Für solche Gerichte können Sie die Fleischportion verdoppeln, das Fleisch würzen und Fleischbällchen oder Hamburger formen, diese eventuell vorbraten und die anderen Beilagen am Tag selbst frisch zubereiten.

Gegrillte oder im Backofen gegarte Geflügel-, Gemüse- und Pastagerichte lassen sich im Kühlschrank gut einige Tage aufbewahren. So können diese Gerichte auch mehrmals in einer Woche verzehrt werden.

Vorrat halten

Halten Sie ausreichend Vorrat an unverderblichen Lebensmitteln wie Dosentomaten, fertige Brühe, Bohnen in Dosen, Pasta, Reis, Quinoa, Polenta, Öl, Essig und Gewürze.

Maschinen helfen

Auch für kleine Dinge kann es sich lohnen, die Küchenmaschine zu benutzen, insbesondere wenn Sie eine Spülmaschine haben. Käse reiben, Gemüse schneiden, Saucen, Marinaden und Dressings mixen – alle diese Tätigkeiten sind damit im Handumdrehen erledigt. Die damit gewonnene Zeit überwiegt den zum Säubern der Maschine benötigten Aufwand. Ein Stabmixer püriert Suppen und Saucen in Sekunden. Die Suppe kann so beispielsweise direkt im Topf püriert werden, und der Stabmixer ist schnell gereinigt.

Mit den Rezepten in diesem Buch werden Sie bald zum Fan der schnellen Kochmethode. Sie werden erstaunt sein, wie gut die scheinbar aufwendigen Gerichte schmecken, die Sie in 30 Minuten zubereiten. Mit etwas Erfahrung werden Sie bald Ihre eigenen 30-Minuten-Rezepte entwickeln. Familie, Freunde und Magen werden es Ihnen danken.

Kapitel 1

GEFLÜGEL

GEFLÜGEL

Huhn bereiten die meisten gern zum Abendessen zu – insbesondere weil es einfach und schnell geht. Dazu kommt, dass es köstliche Rezepte mit Hühnchen in Hülle und Fülle gibt.

Ein ganzes Brathähnchen braucht eine Stunde oder länger im Backofen, doch es gibt viele Möglichkeiten, Hähnchenfleisch in der Hälfte der Zeit auf den Tisch zu bringen. Entbeinte Hähnchenteile ohne Haut sind zum Beispiel in etwa 20 Minuten im Backofen gar; dann bleiben Ihnen noch 10 Minuten für das Gemüse.

Hähnchenbrustfilet wird im Backofen oder in der Pfanne schneller gar, wenn Sie es zwischen zwei Lagen Frischhaltefolie oder Backpapier auf 2,5 cm Dicke klopfen.

Aufgrund der starken Oberhitze gart Hähnchenfleisch unter dem Backofengrill schneller als bei Ober- und Unterhitze.

Beim Grillen wird das Fleisch immer nur von einer Seite gegart. Hähnchenstücke ohne Knochen können in 10–15 Minuten gar sein. So ist nicht nur das Garen, sondern auch das Reinigen schnell erledigt.

Damit das Fleisch besonders geschmackvoll wird, kann man es über Nacht marinieren. Auch aus gehacktem Geflügelfleisch lassen sich wunderbare Dinge herstellen. Genau wie Rinderhackfleisch kann gehacktes Hähnchen- und Putenfleisch zunächst in der Pfanne angebraten werden, und dann zu einem Chili oder Hamburgern, Fleischbällchen oder schnellen Gerichten verarbeitet werden, die auch den schwierigsten Essern schmecken.

Am schnellsten wird Hühnchen gar, wenn man es in der Pfanne scharf anbrät oder

Heute Abend gibt's Huhn!

im Wok zubereitet. So wird das Fleisch nicht nur in 8–10 Minuten gar, man verliert auch keine Zeit beim Vorheizen des Backofens und kann das Gemüse gleich mit dem Fleisch braten.

Ganze Hähnchenstücke kann man auch kurz braun anbraten und dann in Flüssigkeit gar schmoren lassen. Versuchen Sie unseren Coq au Vin – Sie werden sich in diese Garmethode verlieben. Das Fleisch wird zart und geschmackvoll und das Gemüse und die Sauce, mit denen es im selben Topf geschmort ist, schmecken fantastisch.

Auch bei Suppen und Ragouts benutzt man die Flüssigkeit, um das Fleisch darin schnell gar zu schmoren. Das Fleisch gibt der Brühe dabei einen unvergleichlichen Geschmack. Hühnersuppe mit Reis und Zitrone, Scharfe Hühner-Nudel-Suppe und Gumbo mit Hühnchen sind der beste Beweis dafür.

Das schnellste Hähnchengericht ist und bleibt natürlich das sehr beliebte fertig gegrillte Hähnchen, das man im großen Supermarkt, bei einigen Metzgern oder im Imbiss kauft. Es ist köstlich saftig, wohlschmeckend und perfekt gegrillt, man muss es nur noch aufschneiden, würfeln oder hacken und unter Salate mengen, in Ragouts einbringen, in Tacos und Enchiladas einrollen oder Sandwiches und vieles mehr daraus machen. Hier verwenden wir fertig gegrilltes Hähnchen für einen Hähnchen-Linsen-Salat und Hühnerfrikassee mit Knödeln, aber Sie werden bestimmt noch viele andere Ideen haben.

Um sicherzugehen, dass Hähnchen oder Pute auch durchgegart sind, sollte man die Stücke einmal in der Mitte an der dicksten Stelle einschneiden – das Fleisch darf nicht mehr rosa sein. Der austretende Saft muss klar und so heiß sein, dass er sichtbar dampft.

Hähnchen-Linsen-Salat

Ein einfacher Salat, der an einem warmen Abend glücklich macht.

Für 4 Personen

ZUTATEN

200 g kleine grüne Linsen

½ gegrilltes Hähnchen

3 Frühlingszwiebeln

3 EL frische Petersilienblätter

1 EL frische Oreganoblätter

1 Gurke

2 Selleriestangen

140 g Cocktailtomaten

70 g Rucola

115 g Ziegenkäse

Vinaigrette

2 EL Rotweinessig

1 EL Dijon-Senf

½ TL Salz

½ TL Pfeffer

3 EL Olivenöl

NOCH 30 MINUTEN

Die Linsen in einen Topf geben und 7,5 cm hoch mit Wasser bedecken. Auf hoher Stufe zum Kochen bringen, dann die Hitzezufuhr verringern und 20 Minuten garen. Abgießen. In der Zwischenzeit das Fleisch vom Hähnchen lösen und mit der Hand in kleine Stücke zupfen; Knochen und Haut entsorgen.

NOCH 25 MINUTEN

Frühlingszwiebeln, Petersilie und Oregano fein hacken, Gurke und Selleriestangen würfeln und die Cocktailtomaten halbieren. Für die Vinaigrette Rotweinessig, Senf, Salz, Pfeffer und Öl in einer kleinen Schüssel mit dem Schneebesen cremig rühren.

NOCH 5 MINUTEN

Die warmen Linsen mit Fleisch und Vinaigrette in einer großen Schüssel vorsichtig vermengen. 1–2 Minuten ruhen lassen, dann Frühlingszwiebeln, Petersilie, Oregano, Gurke, Sellerie und Tomaten unterheben. Den Rucola auf vier Teller verteilen und die Linsen-Hähnchen-Salatmischung mit einem Löffel darübergeben. Den Ziegenkäse über die Salate krümeln und sofort servieren.

1

2

3

Warmer Hähnchen-Mango-Salat

Ein appetitlicher warmer Salat mit Mango und Erdnüssen – ideal für ein schnelles Essen.

Für 4 Personen

ZUTATEN

600 g Hähnchenbrust

280 g grüne Bohnen

1 EL Erdnussöl

280 g Chinakohl

85 g gesalzene Erdnüsse

4 EL frisch gehackter Koriander

1 Mango

Dressing

1 roter Chili

2 EL thailändische Fischsauce

1 EL flüssiger Honig

4 EL Zitronensaft

Zeit gewinnen! Wenn es ganz schnell gehen muss, kann man ein fertiges Dressing mit Chili, Fischsauce, Honig oder Zitronensaft verfeinern.

NOCH 30 MINUTEN

Das Hähnchenfleisch in Streifen und die grünen Bohnen in etwa 2,5 cm lange Stücke schneiden. Das Öl im Wok oder in einer großen Pfanne erhitzen, bis es raucht. Die Hähnchenstreifen hineingeben und etwa 2 Minuten anbraten. Die grünen Bohnen zufügen, die Hitzezufuhr verringern, abdecken und weitere 5 Minuten garen, bis das Hähnchenfleisch gar ist. Ein- bis zweimal umrühren, damit das Fleisch nicht anbrennt. Abgedeckt lassen, damit alles warm bleibt.

NOCH 15 MINUTEN

In der Zwischenzeit das Dressing vorbereiten. Den Chili entkernen und fein hacken. Fischsauce, Honig, Zitronensaft und gehackten Chili in einer kleinen Schüssel verrühren und beiseitestellen. Den Chinakohl in feine Streifen schneiden und die Erdnüsse fein hacken. Mit dem Koriander in einer großen Schüssel vermengen.

NOCH 5 MINUTEN

Die Mango schälen, das Fruchtfleisch vom Stein schneiden und würfeln. Mango, warmes Hähnchen und grüne Bohnen in die Schüssel geben und das Dressing darübergießen. Alles vermischen und sofort servieren.

1

2

3

Hühnersuppe mit Reis & Zitrone

Diese Suppe ist voller frischer Aromen, die durch den Zitronensaft betont werden.

Für 4 Personen

ZUTATEN

1 Zwiebel

1 Porreestange

1 Knoblauchzehe

1 EL Pflanzenöl

fein abgeriebene Schale und Saft von ½ Zitrone

100 g Basmati-Reis

1 l Hühnerbrühe

2 gegarte Hähnchenbrustfilets

100 g frischer Spinat

175 g gefrorene Erbsen

4 EL frisch gehackte glatte Petersilie

Salz und Pfeffer

Parmesan, zum Garnieren

NOCH 30 MINUTEN

Zwiebel und Porree fein hacken und die Knoblauchzehe zerdrücken. Das Öl in einem großen Topf auf mittlerer Stufe erhitzen. Zwiebel und Porree hineingeben und darin 4–5 Minuten dünsten, bis sie weich werden. Abgeriebene Schale und Saft der halben Zitrone vorbereiten. Knoblauch und abgeriebene Zitronenschale in den Topf geben und weitere 1–2 Minuten kochen.

NOCH 20 MINUTEN

Reis und Brühe zufügen und zum Kochen bringen. Den Deckel auflegen und weitere 8 Minuten köcheln. Die Hähnchenbrust grob hacken, mit Spinat und Erbsen in den Topf geben und alles mit Salz und Pfeffer würzen. Weitere 4 Minuten kochen, bis der Reis gar ist.

NOCH 5 MINUTEN

Zitronensaft und Petersilie einrühren und alles in vorgewärmte Suppenschalen füllen. Mit Parmesanhobeln bestreuen und sofort servieren.

Tipp!
Den Zitronensaft erst kurz vor dem Servieren zufügen, sonst verliert das grüne Gemüse seine appetitliche Farbe.

Scharfe Hühner-Nudel-Suppe

Diese gesunde Suppe ist ganz schnell zubereitet und doch voll guter Zutaten. Der Geschmack kommt im Wesentlichen von der japanischen Miso-Paste, die in vielen Nudelsuppen verwendet wird.

Für 2 Personen

ZUTATEN

2-cm-Stück frische Ingwerwurzel

1 roter Chili

1 Karotte

200 g Pak-Choi

1 gegartes Hähnchenbrustfilet

300 ml Hühnerbrühe

18 g Miso-Paste

150 g dünne Wok-Eiernudeln (ohne Vorkochen)

dunkle Sojasauce

4 Frühlingszwiebeln

NOCH 30 MINUTEN

Die Ingwerwurzel schälen, den Chili entkernen und fein würfeln und die Karotte in dünne Streifen schneiden. Den Pak-Choi grob hacken und das Hähnchenfleisch zerpflücken. Die Brühe mit 250 ml kochendem Wasser in einen großen Topf gießen und auf mittlerer bis hoher Stufe zum Kochen bringen. Die Miso-Paste hineingeben und 2 Minuten köcheln.

NOCH 10 MINUTEN

Chili, Karotte, Pak-Choi, Nudeln und Hähnchenbrust zufügen und die Ingwerwurzel hineinreiben. Weitere 4–5 Minuten köcheln.

NOCH 5 MINUTEN

Nach Belieben mit Sojasauce würzen. Die Frühlingszwiebeln säubern und fein hacken und auf zwei Suppenschalen verteilen. Mit Suppe begießen und sofort servieren.

Tipp!
Saubere Hände sind das schnellste Werkzeug zum Zerkleinern von Hähnchenfleisch und ersparen zusätzlichen Abwasch!

1

2

3

Hähnchen-Burger mit Krautsalat

Knusprige Hähnchen-Sandwiches und knackig cremiger, scharfer Krautsalat – eine himmlische Kombination.

Tipp! Für einen knackigen Burger Krautsalat aufs Hähnchenfleisch legen.

Für 4 Personen

ZUTATEN

4 Hähnchenbrustfilets (1 cm dick)

225 ml Buttermilch

125 g Mehl

1 EL süßes oder geräuchertes Paprikapulver

2 TL Knoblauchpulver

1 TL gemahlener Pfeffer

1 TL Salz

½ TL Cayennepfeffer

125 ml Pflanzenöl

4 Hamburger-Brötchen

1 große Tomate

4 EL Mayonnaise

4 Salatblätter

Krautsalat

125 ml Weinessig

125 ml Mayonnaise

2 EL saure Sahne

2 EL Zucker

¾ TL Salz

1 TL scharfe Sauce, plus mehr, falls gewünscht

½ TL Pfeffer

¼ TL Cayennepfeffer

½ rote Zwiebel

450 g Weißkohl oder Spitzkohl, gehobelt

NOCH 30 MINUTEN

Die Hähnchenbrustfilets mit Buttermilch in eine Schüssel legen und mehrfach in der Buttermilch wenden. Für den Krautsalat Essig, Mayonnaise, saure Sahne, Zucker, Salz, scharfe Sauce, Pfeffer und Cayennepfeffer verrühren. Die Zwiebel in dünne Scheiben schneiden, mit dem Dressing zum Kohl geben und umrühren.

NOCH 20 MINUTEN

Das Mehl in eine flache Schüssel geben und Paprikapulver, Knoblauchpulver, Pfeffer, Salz und Cayennepfeffer zufügen. Gut verrühren. Die Hähnchenbrustfilets einzeln aus der Buttermilch nehmen und in die Mehlmischung tauchen. Zurück in die Buttermilch legen und erneut in die Mehlmischung tauchen. Das Öl in einer großen Pfanne auf hoher Stufe erhitzen. Die Hähnchenbrustfilets nebeneinander hineinlegen und 3 Minuten von jeder Seite braten, bis sie goldbraun und durchgegart sind.

NOCH 5 MINUTEN

Die Brötchen in zwei Hälften schneiden und nach Belieben toasten. Die Tomate in Scheiben schneiden. Auf die obere Hälfte jedes Brötchens Mayonnaise streichen. Auf jede untere Hälfte ein Salatblatt und eine Scheibe Tomate legen. Ein Hähnchenbrustfilet darauflegen. Sofort mit Krautsalat servieren.

Vorbereiten! Die Sauce am Tag zuvor zubereiten und das Hähnchen über Nacht marinieren.

Geschmorte Hähnchenkeulen

Dieses Rezept bietet alle Aromen eines Grillhähnchens, ist aber so schnell zubereitet, dass es im Handumdrehen gar ist.

Für 4 Personen

ZUTATEN

2 EL Olivenöl, plus etwas mehr, bei Bedarf

1 kleine Zwiebel

450 g Rosenkohl

450 g kleine neue Kartoffeln mit roter Schale

12 Baby-Karotten

1 Fenchelknolle

4 ganze Hähnchenkeulen ohne Haut

4 EL Dijon-Senf

4 EL flüssiger Honig

1 EL Weißweinessig

2 TL Knoblauchpüree

¼–½ TL Cayennepfeffer

50 ml Hühnerbrühe oder Wasser

1 EL frische Oreganoblätter

50 ml trockener Weißwein

Salz und Pfeffer

NOCH 30 MINUTEN

Den Backofen auf 240 °C vorheizen. Das Öl in einer großen ofenfesten Pfanne erhitzen. Die Zwiebel hacken und in die Pfanne geben. Den Rosenkohl säubern und die Röschen vierteln. In die Pfanne geben und umrühren. Die Kartoffeln vierteln und in die Pfanne geben. Die Karotten schälen und ganz lassen. In die Pfanne geben und umrühren. Den Fenchel säubern, vierteln und den Strunk entfernen. In kleine Spalten schneiden und in die Pfanne rühren.

NOCH 25 MINUTEN

Die Hähnchenkeulen großzügig mit Salz und Pfeffer bestreuen. Das Gemüse in der Pfanne zur Seite schieben. Bei Bedarf etwas mehr Öl in die Pfanne geben. Die Hähnchenkeulen hineingeben und 2–3 Minuten anbraten, bis sie braun sind, dann wenden. In der Zwischenzeit Senf, Honig, Essig, Knoblauchpüree, 1 Teelöffel Salz, Cayennepfeffer und Brühe in einer Schale verrühren. Über die gewendeten Hähnchenkeulen geben. Die restliche Sauce über das Gemüse gießen. Oregano über Hähnchen und Gemüse streuen.

NOCH 20 MINUTEN

Die Pfanne in den vorgeheizten Ofen stellen und alles 20 Minuten garen, bis das Gemüse weich ist und die Hähnchenkeulen durchgegart sind. Die Pfanne aus dem Ofen nehmen und den Wein zugießen, das Gemüse umrühren und den Bodensatz ablöschen. Sofort auf vorgewärmten Tellern servieren.

1

2

3

Variation!
Hierzu kann man Kartoffelpüree anstatt Brot reichen.

Coq au Vin

Kosten Sie einen Löffel dieses Gerichts und Sie werden selbst kaum glauben, dass Sie es in 30 Minuten gezaubert haben.

Für 4 Personen

ZUTATEN

30 g Mehl

4 Hähnchenkeulen ohne Haut

2 Speckscheiben

1 Schalotte

2 Karotten

225 g Champignons

2 EL Olivenöl

300 ml Hühnerbrühe

175 ml Rotwein

1 EL Tomatenmark

3–4 frische Zweige Thymian

Salz und Pfeffer

knuspriges Brot, zum Servieren

NOCH 30 MINUTEN

Das Mehl in eine breite Schüssel geben. Die Hähnchenkeulen von allen Seiten mit Salz und Pfeffer würzen und dann mit beiden Seiten in das Mehl drücken. Das restliche Mehl beiseitestellen. Speck, Schalotte, Karotten und Champignons würfeln. Das Öl in einer großen Pfanne mit dickem Boden auf mittlerer bis hoher Stufe erhitzen. Die Hähnchenkeulen hineingeben und 3 Minuten braten, bis die Unterseite gut gebräunt ist. Wenden und Speck, Schalotte, Karotten und Champignons mit ½ Teelöffel Salz zufügen. 2–3 Minuten garen und gelegentlich umrühren, bis das Gemüse weich wird.

NOCH 20 MINUTEN

Brühe, Wein, Tomatenmark und Thymian in die Pfanne geben und zum Kochen bringen. Auf kleine Stufe stellen, die Pfanne abdecken und weitere 15 Minuten schmoren, bis die Hähnchenkeulen durchgegart sind.

NOCH 5 MINUTEN

Das Hähnchen aus der Pfanne nehmen und auf einen Servierteller legen. Die Sauce aufkochen und das restliche Mehl mit 1–2 Esslöffeln Sauce anrühren. Das angerührte Mehl in die Sauce rühren und auf mittlerer Stufe unter ständigem Rühren kochen, bis die Sauce andickt. Die Sauce über die Hähnchenkeulen gießen und sofort servieren. Dazu knuspriges Brot reichen.

Hühnerfrikassee mit Knödeln

Mit einem fertig gegrillten saftigen Hähnchen aus dem Supermarkt ist dieses klassische Gericht im Handumdrehen zubereitet.

Für 4 Personen

ZUTATEN

2 EL Olivenöl

1 große Zwiebel

2 Selleriestangen

2 Karotten

1 EL frische Thymianblätter

1 TL Salz

½ TL Pfeffer

4 EL Butter

60 g Mehl

2 EL Milch

1,4 l Hühnerbrühe

1 gegrilltes Hähnchen

140 g Tiefkühl-Erbsen

2 EL frische Petersilienblätter, zum Garnieren

Knödel

2 EL Butter

30 g frischer Schnittlauch

250 g Mehl

2 TL Backpulver

1 TL Salz

225 ml Milch

NOCH 30 MINUTEN

Das Öl in einem großen Topf mit dickem Boden auf mittlerer Stufe erhitzen. Zwiebel, Sellerie und Karotten würfeln und in den Topf geben. Unter Rühren 3 Minuten dünsten, bis die Zwiebel glasig ist. Thymian, Salz und Pfeffer zufügen und 1 weitere Minute dünsten. Die Butter zugeben und zerlassen, dann das Mehl in die Butter rühren. Kochen, bis Butter und Mehl bräunen. Die Milch einrühren und die Brühe zugießen. Aufkochen und anschließend etwa 10 Minuten auf mittlerer Stufe köcheln. In der Zwischenzeit das Hähnchenfleisch von den Knochen lösen und klein zupfen.

NOCH 20 MINUTEN

Für die Knödel die Butter in eine Mikrowellenform geben. Abdecken und 30 Sekunden auf niedriger Stufe erhitzen, bis sie zerlassen ist. Den Schnittlauch fein hacken. Mehl, Backpulver und Salz in eine Schüssel geben und vermengen. Butter, Milch und Schnittlauch unterrühren.

NOCH 15 MINUTEN

Hähnchenfleisch und Erbsen in den Topf rühren und dann kleine Löffelportionen Knödelteig darauflegen. Abdecken und 12–15 Minuten kochen, bis die Knödel gar sind. In der Zwischenzeit die Petersilie fein hacken. Frikassee und Knödel mit einer Kelle auf Suppenteller oder Schalen verteilen. Mit Petersilie garnieren und sofort servieren.

1

2

2

Gumbo mit Hühnchen

Dieses scharfe Gericht aus den amerikanischen Südstaaten lässt sich gut für zwei Personen zubereiten.

Für 2 Personen

ZUTATEN

1 kleine Zwiebel

2 Selleriestangen

1 kleine grüne Paprika

1 EL Sonnenblumenöl

4 Hähnchenoberschenkel

85 g Langkornreis

300 ml Hühnerbrühe

1 roter Chili

250 g Okra

1 EL Tomatenmark

Salz und Pfeffer

NOCH 30 MINUTEN

Zwiebel und Sellerie würfeln, dann die Paprika entkernen und würfeln. Das Öl in einer großen Pfanne auf mittlerer Stufe erhitzen. Die Hähnchenteile hineinlegen und goldbraun anbraten. Mit einem Schaumlöffel herausheben. Zwiebel, Sellerie und grüne Paprika in die Pfanne geben und 1 Minute dünsten. Überschüssiges Fett abgießen.

NOCH 20 MINUTEN

Den Reis zufügen und unter Rühren 1 Minute dünsten. Die Brühe zugießen und zum Kochen bringen. Den Chili in feine Ringe schneiden und mit Okra und Tomatenmark in die Pfanne geben. Mit Salz und Pfeffer abschmecken.

NOCH 15 MINUTEN

Die Hähnchenoberschenkel wieder in die Pfanne geben und umrühren. Fest abdecken und 15 Minuten köcheln, bis die gesamte Flüssigkeit aufgesogen und das Hähnchen durchgegart ist. Gelegentlich umrühren. Falls das Gericht zu trocken wird, etwas mehr Brühe zugießen. Auf vorgewärmte Teller verteilen und sofort servieren.

Zeit gewinnen! Flüssige Brühe ist eine schnelle und praktische Alternative zu Brühwürfeln.

1

1

2

Yaki Soba

Dieses schnelle Rezept macht aus gekochtem Hähnchenfleisch ein köstliches Wok-Gericht – eine echte Alternative zu Schnellgerichten vom Imbiss.

Für 2 Personen

ZUTATEN

1 Zwiebel

1 rote Paprika

150 g gekochtes Hähnchenfleisch ohne Haut

200 g Bohnensprossen

12 gekochte und geschälte Garnelen

400 g Instant-Ramen-Nudeln

1 EL Pflanzenöl

2 EL Shoyu Sojasauce

1 TL Sesamöl

2 Frühlingszwiebeln

Sesamsaat, zum Garnieren

NOCH 30 MINUTEN

Die Zwiebel in feine Ringe schneiden, die Paprika entkernen und in Streifen schneiden. Das Hähnchenfleisch in Streifen schneiden. Zwiebel, Paprika, Bohnensprossen, Hähnchenfleisch und Garnelen in eine große Schüssel geben. Die Nudeln zugeben und vermengen.

NOCH 15 MINUTEN

Einen Wok oder eine große Pfanne auf hoher Stufe erhitzen. Pflanzenöl hineingeben und sehr heiß werden lassen. Die Nudelmischung hineingeben und etwa 4 Minuten anbraten. Shoyu und Sesamöl zugeben und vermengen.

NOCH 5 MINUTEN

Die Frühlingszwiebeln fein hacken. Die Nudelmischung in vorgewärmte Schalen füllen und mit Sesamsaat und Frühlingszwiebeln garniert servieren.

Variation! Das Gemüse in diesem Rezept kann beliebig nach eigenem Geschmack variiert werden. Mit Mais und Zuckererbsen wird das Gericht etwas milder.

1

2

3

Puten-Chili mit Tortilla-Chips

Ein einfaches Gericht voller würziger Aromen, perfekt für ein Familienessen in der Woche oder für eine Party.

Ganz leicht! Dieses Rezept verlangt nur wenig Handarbeit.

Für 4 Personen

ZUTATEN

1 große Zwiebel

1 Knoblauchzehe

2 EL Olivenöl

500 g frisches Putenhackfleisch

400 g Eiertomaten aus der Dose

400 g Borlotti-Bohnen aus der Dose, abgetropft

200 ml Hühnerbrühe

2 TL getrockneter zerstoßener Chili

1 TL getrockneter Thymian

Salz und Pfeffer

saure Sahne und Tortilla-Chips, zum Servieren

NOCH 30 MINUTEN

Die Zwiebel würfeln und den Knoblauch zerdrücken. Das Öl in einem großen Topf auf hoher Stufe erhitzen, Zwiebel und Putenhack hineingeben und leicht bräunen.

NOCH 25 MINUTEN

Knoblauch, Tomaten, Bohnen, Brühe, Chili und Thymian zufügen und umrühren. Nach Belieben salzen und pfeffern. Unter ständigem Rühren aufkochen, die Hitzezufuhr verringern, abdecken und 20 Minuten köcheln, bis das Fleisch durchgegart ist.

NOCH 5 MINUTEN

In vorgewärmte Schalen füllen und sofort mit saurer Sahne und Tortilla-Chips servieren.

Graupen-Risotto mit Pute

Ein wärmendes Gericht für kalte Wintertage, das weniger als 30 Minuten braucht.

Für 4 Personen

ZUTATEN

15 g getrocknete Steinpilze

1 Zwiebel

450 g Champignons

4 Karotten

2 EL Olivenöl

1 TL Salz

½ TL Pfeffer

200 g Graupen

600 ml Gemüsebrühe, Hühnerbrühe oder Wasser

1 EL frische Thymian- oder Rosmarinblätter

450 g Putenbrustfilet

55 g Parmesan

2 EL frische Petersilienblätter

Variation!
Wenn es ein wenig grüner sein darf, 225 g Grünkohl in Streifen schneiden und zusammen mit der Putenbrust zufügen.

NOCH 30 MINUTEN

Die Steinpilze in einer kleinen Schüssel mit heißem Wasser bedecken. Die Zwiebel würfeln, Champignons und Karotten in Scheiben schneiden. Das Öl in einem großen Topf auf mittlerer bis hoher Stufe erhitzen. Die Zwiebel hineingeben und unter häufigem Rühren 4 Minuten dünsten, bis sie weich ist. Champignons und Karotten zufügen und mit Salz und Pfeffer würzen. Weitere 4 Minuten garen und gelegentlich umrühren, bis das Gemüse gar ist. Die Graupen zufügen und sorgfältig unterrühren. Anschließend die Brühe zugießen.

NOCH 20 MINUTEN

Die Steinpilze aus dem Wasser nehmen und hacken. Das Einweichwasser aufbewahren. Steinpilze und Einweichwasser in den Topf geben und zum Kochen bringen. In der Zwischenzeit den Thymian fein hacken und in den Topf geben. Den Herd auf kleinste Stufe stellen und alles weitere 5 Minuten ohne Deckel kochen.

NOCH 15 MINUTEN

In der Zwischenzeit die Putenbrust in 1 cm große Würfel schneiden. In den Topf geben, umrühren und den Deckel auflegen. 15 Minuten köcheln, bis das Putenfleisch durchgegart ist, die Graupen zart sind und der größte Teil der Flüssigkeit aufgesogen ist. In der Zwischenzeit den Käse reiben und die Petersilie fein hacken. Das Gericht in Schalen servieren und mit Käse und Petersilie garnieren.

1

2

3

Puten-Wok-Pfanne

Putenbrust ist eine günstige Alternative zu Hähnchenbrust und schmeckt in diesem Rezept ganz vorzüglich.

Für 4 Personen

ZUTATEN

450 g Putenbrustfilet

1 EL Pflanzenöl

1 Brokkoli

1 rote Paprika

200 g Pak-Choi-Blätter

50 ml Hühnerbrühe

Marinade

2 Knoblauchzehen

1 EL Sojasauce

1 EL Honig

NOCH 30 MINUTEN

Die Putenbrust in Streifen schneiden. Für die Marinade den Knoblauch zerdrücken und mit Sojasauce und Honig in einer Schüssel verrühren. Die Putenstreifen darin wenden, bis sie von allen Seiten mit Marinade überzogen sind. Den Wok auf mittlerer bis hoher Stufe erhitzen, Öl hineingeben und 1 Minute erhitzen.

NOCH 20 MINUTEN

Die Putenstreifen in den Wok geben und 3 Minuten unter rühren braten, bis sie gar sind. Das Fleisch mit einem Schaumlöffel herausheben und warm stellen.

NOCH 15 MINUTEN

Den Brokkoli in einzelne Röschen zerteilen und die rote Paprika entkernen und in dünne Streifen schneiden. Mit dem Pak-Choi in den Wok geben und weitere 2 Minuten braten. Die Brühe zugießen und weitere 2 Minuten garen, bis das Gemüse zart, aber noch bissfest ist. Die Putenstreifen wieder in den Wok geben und kurz miterwärmen. Sofort servieren.

Vorbereiten! Die Sauce am Tag zuvor zubereiten und das Putenfleisch über Nacht darin marinieren.

2

3

3

Jamaikanische Jerk-Wraps mit Pute

Die karibischen Aromen der Jerk-Marinade, Mango und Chili bieten nach einem geschäftigen Tag einen exotischen Ausklang.

Für 4 Personen

ZUTATEN

4 große Weizenmehl-Tortillas
1 Limette
450 g Putenbrust
2 EL Sojasauce
3 EL Pflanzenöl
2 EL Jerk-Marinade
1 EL brauner Zucker
½ TL Salz
1 Jalapeño-Chili
¼ kleine rote Zwiebel
125 ml Mayonnaise
8 große Blätter Romana-Salat
1 Mango
1 kleine rote Paprika
4 Scheiben Havarti-Käse

NOCH 30 MINUTEN

Den Backofen auf 200 °C vorheizen. Die Tortillas in Alufolie wickeln und im Backofen erwärmen. Die Limettenschale in eine kleine Schüssel abreiben. Das Putenfleisch in 1 cm x 7,5 cm große Streifen schneiden. Den Limettensaft in eine große Schüssel pressen, Sojasauce, 1 Esslöffel Öl, Jerk-Marinade, Zucker und Salz zufügen und verrühren. Die Putenstreifen darin wenden und marinieren.

NOCH 20 MINUTEN

Den Chili entkernen und fein hacken, die Zwiebel fein würfeln. Zur abgeriebenen Limettenschale geben, die Mayonnaise zufügen und alles verrühren. Den Salat in feine Streifen schneiden. Die Mango schälen und das Fruchtfleisch in Streifen schneiden. Die Paprika entkernen, dann in dünne Streifen schneiden. Das übrige Öl in einer großen Pfanne auf mittlerer bis hoher Stufe erhitzen. Das Putenfleisch hineingeben und unter gelegentlichem Rühren 5–7 Minuten braten, bis das Fleisch gar ist.

NOCH 5 MINUTEN

Die Tortillas aus dem Ofen nehmen. Die Mayonnaisemischung auf eine Seite jeder Tortilla streichen. Dann jeweils mit einer Scheibe Käse belegen. Die Putenstreifen auf die Tortillas verteilen und jeweils in einem Streifen über die Mitte der Tortilla legen. Salat, Mango und rote Paprika gleichmäßig auf die Tortillas verteilen. Aufrollen und sofort servieren.

Puten-Burger mit Avocado und Bohnensprossen

Wenn Sie Appetit auf einen Hamburger haben, dabei aber dennoch gesund essen möchten, ist dieser leckere Puten-Burger ideal.

Für 4 Personen

ZUTATEN

450 g frisches Putenhackfleisch

1 TL Salz

1 Avocado

Saft von ½ Zitrone

2 TL Olivenöl

4 Vollkorn-Hamburger-Brötchen

Tomatenscheiben

115 g Bohnensprossen

NOCH 30 MINUTEN

Das Putenhackfleisch in eine große Schüssel geben und salzen. Vorsichtig vermengen. In vier gleich große Portionen teilen und jede Portion zu einem flachen Burger formen. Etwa 10 Minuten in den Kühlschrank legen, oder bis das Fleisch gebraten werden soll. In der Zwischenzeit die Avocado schälen und das Fleisch vom Kern lösen, dann in Scheiben schneiden. Mit Zitronensaft beträufeln und beiseitestellen. Eine Grillpfanne auf mittlerer Stufe erhitzen.

NOCH 15 MINUTEN

Die Puten-Burger von beiden Seiten mit Öl bestreichen und in die vorgeheizte Grillpfanne legen. 4 Minuten braten, bis sie braun werden und sich leicht von der Pfanne lösen. Wenden und 4 Minuten von der anderen Seite braten, bis sie gar sind.

NOCH 5 MINUTEN

Die Brötchen in zwei Teile schneiden und auf jede Unterhälfte einen Burger legen. Darauf Avocadoscheiben, Tomatenscheiben und eine Handvoll Bohnensprossen legen. Sofort servieren.

Ganz leicht!
Diese Burger sind leicht zuzubereiten und enthalten nur wenige Zutaten. Auch das Gemüse auf dem Fleisch kann variiert werden.

1

1

2

Kapitel 2

FLEISCH

FLEISCH

Um Schwein, Rind und Lamm schnell zu garen, sollte man immer zarte Stücke wählen, die nicht stundenlang schmoren müssen, bevor sie weich und saftig sind. Diese zarten Stücke müssen in dünne Streifen geschnitten, klein gewürfelt oder gehackt werden, sodass sie gebraten, im Wok zubereitet oder geschmort und gedünstet werden können.

Frisches Hackfleisch eignet sich hervorragend für zahlreiche schnelle Zubereitungen. Es kann in der Pfanne braun gebraten, zu Hackbällchen geformt und im Backofen gegart, als Burger in der Pfanne oder unter dem Grill oder als Hackbraten zubereitet werden. Und nicht zu vergessen, aus Hackfleisch kann man auch eine fantastische Bolognese-Sauce machen.

Falls Sie Hunger auf ein Ragout haben – keine Sorge. Die meisten Ragouts schmoren zwar über Stunden, um ganz zart zu werden, doch wenn Sie schnell zu garende Stücke vom Rind wählen, wird Ihnen damit ein im Mund zergehendes Rinderragout mit viel Gemüse und einer köstlichen Sauce in nur 30 Minuten gelingen.

Alle Steakschnitte eignen sich für die schnelle Zubereitung. Eine Marinade oder Beize mit Gewürzen verleiht dem Fleisch den Geschmack, der ein saftiges Steak ergänzt.

Genau wie Geflügel lassen sich auch Rind, Schwein und Lamm mit verschiedenen Methoden schnell zubereiten. Grillen über Holzkohle oder unter dem Backofengrill eignet sich für Steaks natürlich immer. Bei diesen beiden Methoden wird das Fleisch durch hohe Hitze auf jeder Seite etwa 7–8 Minuten gegart. So benötigen Lammkoteletts nur 6 Minuten pro Seite, um perfekt englisch gegart zu sein.

Fixe Mahlzeiten mit Fleisch

Sautieren und Kurzbraten im Wok sind ebenfalls eine wunderbare schnelle Garmethode. So sind Schweinefiletstreifen in wenigen Minuten gar, wie sie beispielsweise für die Fajitas mit Schwein und Chili verwendet werden.

Für die Lagerung von frischem Rind, Lamm oder Schwein, das nicht luftdicht verpackt ist, gilt zu beachten, dass es immer in einem verschlossenen Behälter aufbewahrt wird. Es kann auch eingewickelt und auf Geschirr gelegt werden (damit austretender Saft nicht an andere Lebensmittel gerät) und im unteren Teil des Kühlschranks bis zu 4 Tage aufbewahrt werden (abhängig davon, wie frisch es beim Kauf war). Falls es verpackt war, ist das empfohlene Mindesthaltbarkeitsdatum zu beachten. Hackfleisch kann man nicht so gut lagern, es sollte möglichst am Tag des Kaufs, allenfalls am folgenden Tag verbraucht werden. Falls das Fleisch in Kunststoff verpackt ist, sollte es besser herausgenommen und auf Geschirr gelegt werden, damit es nicht schwitzt. Anschließend abdecken und dann in den Kühlschrank stellen.

Frisches Rind, Lamm oder Schwein kann man auch am Tag des Kaufs einfrieren und so 3–6 Monate aufbewahren. Zum Auftauen sollte es auf einen Teller oder ein anderes Geschirrteil gelegt werden, das den Saft auffängt. Fleisch sollte im Kühlschrank bleiben, bis es vollständig aufgetaut ist und niemals roh wieder eingefroren werden.

Steak mit Chimichurri

Ein Steak mit Maiskolben wird mit dieser scharfen Kräutersauce, der argentinischen Chimichurri, zu einem unvergesslichen Geschmackserlebnis.

Für 4 Personen

ZUTATEN

675–900 g Rinderhüftsteak (Sirloin- oder Rumpsteak)

4 frische Maiskolben

1 Schalotte

3 Knoblauchzehen

4 EL Sherry-Essig

60 g frische glatte Petersilie

1 EL frische Oreganoblätter

½ TL zerstoßene Chiliflocken

125 ml Olivenöl

Saft von 1 Zitrone

Salz und Pfeffer

Variation! Ersetzen Sie die Chimichurri durch fertigen Pesto, der mit ein wenig Zitronensaft und Olivenöl verdünnt und mit Chiliflocken scharf gewürzt wird.

NOCH 30 MINUTEN

Den Backofengrill auf mittlerer bis hoher Stufe vorheizen. Das Steakfleisch großzügig mit Salz und Pfeffer bestreuen. Die Maiskolben von den Blättern und Fäden befreien und einzeln in Alufolie wickeln.

NOCH 25 MINUTEN

Für die Sauce Schalotte und Knoblauch fein hacken und mit Essig und 1 Teelöffel Salz in eine kleine Schüssel geben. Petersilie und Oregano fein hacken und mit den Chiliflocken in die Essigmischung geben. Das Öl mit dem Schneebesen einrühren. Dann den Zitronensaft unterrühren. Maiskolben und Steak auf den Grillrost legen. Das Steak von jeder Seite 4 Minuten grillen, wenn es englisch gewünscht wird, es sollte von beiden Seiten gut gebräunt sein. Die Maiskolben mehrfach wenden und insgesamt 15 Minuten grillen.

NOCH 10 MINUTEN

Das Fleisch auf ein Schneidebrett legen und 4 Minuten ruhen lassen. Gegen die Faser in 5 mm dicke Scheiben schneiden. Das Fleisch mit Sauce beträufeln und die Maiskolben dazu servieren.

1

2

2

Taboulé mit Rindfleisch

Ein besonderer Salat für eine Sommerparty oder ein köstliches Abendessen!

Ganz leicht! Nur wenige Zutaten nötig.

Für 4 Personen

ZUTATEN

100 g Bulgur

400 g mageres Rinderfilet

200 g frische glatte Petersilie

140 g frische Minze

1 rote Zwiebel

2 Tomaten

1 EL natives Olivenöl extra, plus etwas mehr zum Einfetten

Saft von 2 Zitronen

Salz und Pfeffer

NOCH 30 MINUTEN

Den Bulgur in einer Schüssel mit kochendem Wasser bedecken. 10 Minuten ziehen lassen. Sorgfältig abgießen und überschüssiges Wasser ausdrücken. Eine Grillpfanne auf hoher Stufe erhitzen. Das Rinderfilet mit Salz und Pfeffer würzen, leicht mit Öl bestreichen und 2–3 Minuten von jeder Seite braten, dabei nur einmal wenden. Vom Herd nehmen, mit Alufolie abdecken und 5 Minuten ruhen lassen.

NOCH 10 MINUTEN

Petersilie und Minze fein hacken. Die Zwiebel in dünne Ringe schneiden und die Tomaten würfeln. Petersilie, Minze, Zwiebel, Tomaten und Bulgur in einer Schüssel vermengen. Öl und Zitronensaft untermischen und mit Salz und Pfeffer würzen.

NOCH 5 MINUTEN

Das Rinderfilet in dünne Streifen schneiden. Den Taboulé auf einer angewärmten Platte servieren und die Filetstreifen darauf anrichten. Den Bratensaft darüberträufeln.

Scharfe Fleischbällchen

Diese marokkanischen Lammbällchen werden im Backofen gegart. Das lässt genügend Zeit, um eine pikante Sauce und einen erfrischenden Salat zuzubereiten.

Für 4 Personen

ZUTATEN

Olivenöl, zum Sprühen

½ kleine Zwiebel

1 Knoblauchzehe

450 g frisches Lammhackfleisch

1½ TL gemahlener Kreuzkümmel

¼ TL Zimtpulver

1 TL Salz

½ TL Pfeffer

1 Ei

10 g frische Semmelbrösel

4 Pita-Brote

Joghurt-Minze-Sauce

10 g frische Minzeblätter

280 g Naturjoghurt

Saft von ½ Zitrone

½ TL Salz

etwas Cayennepfeffer

Salat

1 Gurke

2 EL frische Petersilienblätter

140 g Cocktailtomaten

Saft von 1 Zitrone

½ TL Salz

NOCH 30 MINUTEN

Den Backofen auf 190 °C vorheizen und ein großes Backblech mit Öl einsprühen. Zwiebel und Knoblauch fein hacken. Hackfleisch, Zwiebel, Knoblauch, Kreuzkümmel, Salz, Pfeffer, Zimt, Ei und Semmelbrösel in eine große Schüssel geben, sorgfältig vermengen und zu 2,5 cm großen Fleischbällchen formen. Die Fleischbällchen auf das vorbereitete Backblech legen und mit Olivenöl besprühen. 15 Minuten im vorgeheizten Ofen backen, bis sie gar sind.

NOCH 15 MINUTEN

In der Zwischenzeit die Pita-Brote in Aluminiumfolie einwickeln und in den Ofen legen. Für die Sauce die Minze fein hacken. Mit den anderen Zutaten in eine Schüssel geben und sorgfältig umrühren. Für den Salat die Gurke würfeln, die Petersilie fein hacken und die Tomaten halbieren. In eine mittelgroße Schüssel füllen und vermengen. Zitronensaft und Salz zufügen und gut umrühren.

NOCH 5 MINUTEN

Fleischbällchen und Pita-Brote aus dem Ofen nehmen. Die Pita-Brote in zwei Teile schneiden. Einige Lammbällchen in jede Hälfte füllen und etwas Sauce hineinlöffeln. Pro Person zwei Hälften servieren und den Salat dazu reichen.

Einfrieren!
Bereiten Sie die doppelte Menge Fleischbällchen zu und frieren Sie die Hälfte davon roh auf einem Backblech ein. Diese in Gefrierbeuteln bis zu 3 Monate im Tiefkühlfach lagern. Wenn die Fleischbällchen gefroren gegart werden sollen, die Garzeit etwas verlängern.

Der reich belegte Burger

Auf diesem Cheeseburger sind neben den üblichen Zutaten auch Jalapeño-Chilis und Krautsalat.

Für 4 Personen

ZUTATEN

450 g frisches Rinderhackfleisch

Pflanzenöl, zum Braten

4 Scheiben Cheddar oder Emmentaler Käse

4 weiche Hamburger-Brötchen

Senf, zum Bestreichen

eingelegte Jalapeño-Chilis

fertiger Krautsalat (oder s. S. 26)

Tomatenscheiben

1 TL Salz

½ TL Pfeffer

Einfrieren!
Sie können die doppelte Menge Burger zubereiten und einzeln verpackt bis zu drei Monate einfrieren. Vor dem Braten langsam auftauen.

NOCH 30 MINUTEN

Das Hackfleisch mit Salz und Pfeffer in einer mittelgroßen Schüssel gut vermengen und in vier Portionen aufteilen. Jede Portion zu einem Burger formen.

NOCH 20 MINUTEN

Eine Grillpfanne auf mittlerer bis hoher Stufe erhitzen und Öl hineingeben. Die Hamburger hineinlegen, die Pfanne halb abdecken und die Burger 4 Minuten braten, ohne sie zu bewegen, bis sie braun sind und sich leicht vom Boden lösen. Umdrehen und auf jeden Burger eine Scheibe Käse legen, halb abdecken und weitere 3 Minuten braten, oder nach Wunsch länger.

NOCH 5 MINUTEN

Die Hamburger-Brötchen in zwei Hälften teilen, beide Hälften mit Senf bestreichen und die unteren Hälften mit einigen Scheiben Jalapeño-Chili belegen. Auf die unteren Hälften jeweils einen Burger setzen, Krautsalat und eine Scheibe Tomate drauflegen, zusammensetzen und sofort servieren.

2

3

3

Variation! Hierzu passt auch der Rucola-Salat von S. 84.

Gefülltes Steak

Köstliches Steak, weicher Ziegenkäse und frischer Couscous mit Minze ergeben hier eine wunderbare Mahlzeit.

Für 2 Personen

ZUTATEN

2 Rinderhüftsteaks (Sirloin- oder Rumpsteak à 280 g)

1 EL Olivenöl

Salz und Pfeffer

Ziegenkäsefüllung

1 Knoblauchzehe

100 g weicher Ziegenkäse

100 g Cocktailtomaten

2 EL frisch gehackte glatte Petersilie

1 EL Olivenöl

½ TL Pfeffer

½ TL Salz

Minze-Couscous

100 g Couscous

1 EL natives Olivenöl extra

1 Schalotte

1 große Tomate

1 EL frisch gehackte glatte Petersilie

2 EL frisch gehackte Minze

Saft und abgeriebene Schale von 1 Zitrone

NOCH 30 MINUTEN

Für die Füllung den Knoblauch zerdrücken und Käse und Tomaten hacken. Mit den anderen Zutaten in eine Schüssel geben und sorgfältig vermengen. Beiseitestellen.

NOCH 25 MINUTEN

Couscous und Öl in eine kleine hitzebeständige Schüssel geben und mit kochendem Wasser bedecken. Die Schüssel mit Frischhaltefolie abdecken und 2 Minuten ziehen lassen. In der Zwischenzeit Schalotte und Tomate hacken. Die Frischhaltefolie entfernen und den Couscous mit der Gabel auflockern. Schalotte, Tomate und restliche Zutaten in die Schüssel geben, sorgfältig vermengen und mit Salz und Pfeffer abschmecken. Bis zum Servieren beiseitestellen.

NOCH 15 MINUTEN

Die Steaks mit Salz und Pfeffer würzen und mit Öl einreiben. Einen Schlitz in die magere Seite der Steaks schneiden, um eine Tasche zu bilden. Die Füllung in die Taschen geben und die Steaks beiseitelegen. Eine Grillpfanne auf mittlerer bis hoher Stufe erhitzen, die Steaks hineingeben und wie gewünscht garen. Die Steaks vom Herd nehmen und 5 Minuten ruhen lassen. Dann mit dem Couscous sofort servieren.

2

3

3

Schnelles Rinderragout

Die richtige Auswahl des schnell zu garenden Rindfleischstückes macht dieses normalerweise lange schmorende Gericht auch an Abenden unter der Woche möglich. Knuspriges Brot passt am besten dazu.

Für 4 Personen

ZUTATEN

900 g Rindfleischstreifen, zum Kurzbraten

3 EL Mehl

2 EL Olivenöl

1 große Zwiebel

2 Knoblauchzehen

225 ml Rotwein

450 g Champignons

450 g neue Kartoffeln

4 Karotten

2 Selleriestangen

1 EL frische Thymianblätter

700 ml Rinderbrühe

3 EL Tomatenmark

2 EL frische Petersilienblätter

Salz und Pfeffer

knuspriges Brot, zum Servieren

NOCH 30 MINUTEN

Die Rindfleischstreifen mit ½ Teelöffel Salz und ½ Teelöffel Pfeffer würzen. Dann in Mehl wenden. Das Öl in einem großen Topf mit dickem Boden auf mittlerer bis hoher Stufe erhitzen. Das Fleisch hineingeben und unter häufigem Rühren 4 Minuten bräunen. In der Zwischenzeit die Zwiebel würfeln und den Knoblauch fein hacken. Beides in den Topf geben und 2–3 Minuten dünsten, bis die Zwiebel weich wird. Den Wein zugießen und zum Kochen bringen. Umrühren und dabei den Bratensatz vom Topfboden lösen.

NOCH 20 MINUTEN

In der Zwischenzeit die Champignons vierteln und Kartoffeln, Karotten und Sellerie würfeln. Den Thymian fein hacken. Das Gemüse mit 1 Teelöffel Salz, ½ Teelöffel Pfeffer, Brühe, Tomatenmark und Thymian in den Topf geben. Aufkochen und anschließend auf kleine Stufe stellen. Den Deckel auflegen und etwa 15 Minuten schmoren, bis das Gemüse gar ist.

NOCH 5 MINUTEN

Den Deckel vom Topf nehmen und noch weitere 5 Minuten köcheln, bis die Sauce leicht angedickt ist. In der Zwischenzeit die Petersilie fein hacken. Unter das Fleisch heben und das Ragout heiß servieren, dazu knuspriges Brot reichen, das man in die Sauce tunken kann.

1

1

2

Ganz leicht! In den letzten 15 Minuten muss dieses Gericht nur noch köcheln.

Pasta Bolognese

Eine schnelle Version dieses allseits beliebten Gerichtes, in nur einem Topf zubereitet!

Für 4 Personen

ZUTATEN

1 Zwiebel

1 Selleriestange

1 Karotte

1 Knoblauchzehe

2 EL Olivenöl

500 g Rinderhackfleisch

115 g Champignons

400 g gehackte Tomaten aus der Dose

1 EL Tomatenmark

1 TL Zucker

1 Prise getrockneter Oregano

1 EL frisch gehackte glatte Petersilie

175 g Fusilli oder eine andere kurze Nudelsorte

175 ml Rotwein

1 Rinderbrühwürfel

Salz und Pfeffer

NOCH 30 MINUTEN

Zwiebel, Sellerie und Karotte hacken und den Knoblauch fein hacken. Das Öl in einem großen Topf mit fest sitzendem Deckel auf mittlerer Stufe erhitzen. Zwiebel, Knoblauch, Sellerie und Karotte in den Topf geben und auf kleiner Stufe unter gelegentlichem Rühren 3 Minuten dünsten, bis sie weich werden. Das Hackfleisch zufügen, den Herd auf mittlere Stufe stellen und alles 5 Minuten braten, dabei häufig mit einem Holzlöffel umrühren.

NOCH 20 MINUTEN

Die Pilze in Scheiben schneiden und mit in den Topf geben. 3–4 Minuten garen. Tomaten, Tomatenmark, Zucker, Kräuter, Nudeln und Wein zufügen. Den Brühwürfel hineinkrümeln, genügend Wasser zugießen, um alle Zutaten zu bedecken und umrühren.

NOCH 15 MINUTEN

Die Hitze reduzieren, den Deckel auflegen und 15 Minuten köcheln, bis die Nudeln weich, aber noch al dente sind und die Sauce angedickt ist. Nach Belieben mit Salz und Pfeffer abschmecken. Auf vorgewärmte Teller füllen und sofort servieren.

Steak mit Asia-Gemüse

Scharf gewürztes asiatisches grünes Gemüse passt hervorragend zu saftigem Steak. Die Sesamsaat verleiht eine knackige Note.

Tipp! Falls Ihr Steak rosa gebraten sein soll, garen Sie es 4 Minuten von jeder Seite.

Für 2 Personen

ZUTATEN

2 EL Olivenöl

1 EL Sesamöl

3 EL helle Sojasauce

2 EL geröstete Sesamsaat

1 TL gemahlener Pfeffer

2 Rinderhüftsteaks (Sirloin- oder Rumpsteak à 280 g)

2 Knoblauchzehen

2-cm-Stück frische Ingwerwurzel

1 kleiner roter Chili

2 Frühlingszwiebeln

400 g asiatisches Gemüse, z. B. Kai-Lan und Pak-Choi

1 EL Sesamsaat, zum Garnieren

NOCH 30 MINUTEN

1 Esslöffel Olivenöl mit Sesamöl, 1 Esslöffel Sojasauce, gerösteter Sesamsaat und Pfeffer verrühren und die Steaks darin wenden.

NOCH 25 MINUTEN

Eine große Pfanne auf mittlerer bis hoher Stufe erhitzen, die Steaks hineinlegen und 3 Minuten von jeder Seite braten, falls sie englisch gegart sein sollen, oder nach Belieben garen. Vor dem Servieren 5 Minuten ruhen lassen.

NOCH 15 MINUTEN

In der Zwischenzeit Knoblauch, Ingwer und Chili fein hacken und die Frühlingszwiebeln in feine Ringe schneiden. Die Pfanne wieder auf den Herd setzen und das restliche Olivenöl, Knoblauch, Ingwer, Chili, Frühlingszwiebeln und Gemüse hineingeben. Dünsten, bis das Gemüse zusammenfällt. Restliche Sojasauce und Sesamsaat unterrühren und sofort mit dem Steak servieren.

1

2

3

Variation! Dieses Rezept kann auch mit Schweine- oder Putenhack zubereitet werden.

Rind & Nudeln

Dieses würzige Nudelgericht bekommt durch das geröstete Sesamöl ein besonders köstliches Aroma.

Für 6 Personen

ZUTATEN

2,5-cm-Stück frische Ingwerwurzel

1 frischer roter Chili

1 rote Paprika

2 Karotten

450 g Wok-Eiernudeln (ohne Vorkochen)

2 EL geröstetes Sesamöl

1 Zwiebel

2 EL Erdnussöl

650 g Rinderhackfleisch

1½ TL chinesisches Fünf-Gewürze-Pulver

85 g Zuckererbsen

175 g frische Bohnensprossen

NOCH 30 MINUTEN

Die Ingwerwurzel schälen und in Scheiben schneiden. Chili und Paprika entkernen und in Streifen schneiden. Die Karotten in dünne diagonale Scheiben schneiden. Die Nudeln in eine Schüssel geben, 1 Esslöffel geröstetes Sesamöl darübergeben und vermengen.

NOCH 20 MINUTEN

Die Zwiebel fein hacken. Einen Wok auf mittlerer Stufe erhitzen, das Erdnussöl hineingeben, im Wok schwenken und erhitzen. Die Zwiebel hineingeben und unter häufigem Rühren 4 Minuten dünsten, bis sie weich ist. Das Rindfleisch zufügen und 3–5 Minuten anbräunen, dabei regelmäßig mit einem Holzlöffel zerteilen.

NOCH 10 MINUTEN

Ingwer, Chili und Fünf-Gewürze-Pulver zufügen und unter ständigem Rühren 1 Minute kochen. Dann Karotten, Paprika und Zuckererbsen in den Topf geben. Weitere 4–5 Minuten kochen. Bohnensprossen, übriges Sesamöl und Nudeln zugeben und weitere 2 Minuten braten. Sofort servieren.

Lammkoteletts mit Chili

Zu Lammkoteletts brauchen Sie nur eine schnell gemachte würzige Sauce. Dazu ein frischer Salat und Pita-Brot – schon ist eine ganze Mahlzeit zubereitet.

Für 4 Personen

ZUTATEN

60 g frische Petersilienblätter
2 Knoblauchzehen
Saft von 1 Zitrone
1–2 rote oder grüne Chilis
1 EL süßes Paprikapulver
4 EL Olivenöl
4 Lammkoteletts (5 cm dick)
Salz und Pfeffer
Pita-Brote, zum Servieren

Salat

1 Gurke
1 EL frische Petersilienblätter
225 g Cocktailtomaten
Saft von 1 Zitrone
½ TL Salz

NOCH 30 MINUTEN

Petersilie, Knoblauch, Zitronensaft, Chilis, Paprika und 1 Teelöffel Salz in der Küchenmaschine pürieren. Das Öl zugeben und nochmals mixen. Die Lammkoteletts mit Pfeffer würzen und von beiden Seiten mit der Sauce bestreichen. Die übrige Sauce beiseitestellen.

NOCH 25 MINUTEN

Für den Salat die Gurke würfeln, die Petersilie fein hacken und die Tomaten halbieren. Alles in eine mittelgroße Schüssel füllen. Mit Zitronensaft und Salz vermengen und bis zum Servieren beiseitestellen.

NOCH 20 MINUTEN

Den Backofengrill vorheizen. Eine Grillpfanne auf mittlerer bis hoher Stufe erhitzen. Die Lammkoteletts hineinlegen und etwa 6 Minuten von jeder Seite braten, falls sie englisch gebraten sein sollen, etwas länger, wenn sie rosa sein sollen. Vom Herd nehmen und einige Minuten vor dem Servieren ruhen lassen. In der Zwischenzeit das Brot unter dem Grill aufwärmen. Die Lammkoteletts mit Pita-Brot, Salat und der restlichen Sauce servieren.

1

1

3

Schweinefleischeintopf

Ein herzhafter Eintopf mit Fleisch und Gemüse, mit leichter Apfelnote und geräuchertem Speck.

Für 4 Personen

ZUTATEN

1 Zwiebel

4 Scheiben geräucherter Speck

675 g ausgelöste Schweineschulter

30 g Mehl

2 EL Pflanzenöl

2 große grüne Äpfel, z. B. Granny Smith

350 g kleine neue Kartoffeln

225 g Wirsing, in Streifen geschnitten

1 EL frische Thymianblätter

1 EL Weißweinessig

450 ml Hühnerbrühe

225 ml Apfelsaft

2 EL Dijon-Senf

Salz und Pfeffer

NOCH 30 MINUTEN

Zwiebel und Speck würfeln. Die Schweineschulter in kleine Würfel schneiden. Das Mehl in einen großen Gefrierbeutel geben und die Fleischwürfel mit 1 Teelöffel Salz und ½ Teelöffel Pfeffer würzen. Das Fleisch zum Mehl in den Gefrierbeutel geben, den Beutel verschließen und gut schütteln, damit das Fleisch mit dem Mehl bestäubt wird.

NOCH 25 MINUTEN

Das Öl in einem großen Topf mit dickem Boden auf mittlerer bis hoher Stufe erhitzen. Zwiebel und Speck in den Topf geben und unter Rühren 3 Minuten dünsten, bis die Zwiebel weich und der Speck braun wird. Das Schweinefleisch in den Topf geben und gelegentlich umrühren, bis das Fleisch rundum braun ist. Dann alles in eine Schüssel füllen. In der Zwischenzeit die Äpfel entkernen und würfeln, auch die Kartoffeln würfeln.

NOCH 20 MINUTEN

Äpfel, Kartoffeln, Wirsing und Thymian mit Essig, Brühe und Apfelsaft in den Topf geben. Senf, ½ Teelöffel Salz und ¼ Teelöffel Pfeffer zufügen und zum Kochen bringen. Dann auf kleiner Stufe köcheln. Schweinefleisch mit Zwiebeln und Speck wieder in den Topf geben und ohne Deckel etwa 15 Minuten weiterkochen, bis das Fleisch gar ist. Sofort servieren.

Einfrieren!
Dieser Eintopf kann im Kühlschrank aufbewahrt oder eingefroren werden. Bereiten Sie die doppelte Menge vor und frieren Sie die Hälfte ein. Damit ist ein ganz schnelles Gericht vorrätig, wenn es benötigt wird.

Schinken-Porree-Risotto

Gekochte Schinkenwürfel und Erbsen machen diesen schnellen Risotto zu einer ganzen Mahlzeit, ideal für einen Abend unter der Woche.

Für 4 Personen

ZUTATEN

380 g Arborio-Reis

1 l Wasser

1 Schalotte

2 Stangen Porree, nur der weiße und hellgrüne Teil

350 g gekochter Schinken

30 g frische Petersilie, plus etwas mehr zum Garnieren

2 EL Olivenöl

4 EL trockener Weißwein

1 l Hühnerbrühe, plus etwas mehr bei Bedarf

145 g Erbsen

30 g Butter

60 g geriebener Parmesan, plus etwas mehr zum Garnieren

Salz

NOCH 30 MINUTEN

Den Reis unter fließend kaltem Wasser waschen. Dann mit dem Wasser und einer großzügigen Prise Salz in einen großen Topf geben. Auf hoher Stufe zum Kochen bringen, dann die Hitzezufuhr verringern und 7 Minuten ohne Deckel köcheln lassen. In der Zwischenzeit die Schalotte würfeln und den Porree säubern und würfeln. Den gekochten Schinken würfeln. Die Petersilie fein hacken. Den Reis durch ein Sieb abgießen und beiseitestellen.

NOCH 20 MINUTEN

Das Öl in dem Topf erhitzen. Schinken, Schalotte und Porree in den Topf geben und unter Rühren 3 Minuten dünsten, bis das Gemüse weich und der Schinken braun wird. Den Wein in den Topf gießen und weitere 1–2 Minuten kochen. Reis, Brühe und ¼–½ Teelöffel Salz zufügen und zum Kochen bringen. Auf mittlere Stufe stellen und weitere 12 Minuten köcheln. Dabei gelegentlich umrühren, bis der größte Teil der Brühe verkocht ist.

NOCH 5 MINUTEN

Den Risotto probieren. Wenn der Reis noch nicht gar ist, ein wenig mehr Brühe zugeben und ein paar Minuten weiterkochen. Die Erbsen einige Minuten vor Ende der Kochzeit zufügen. Butter und Käse unter den Risotto rühren. Mit Parmesan und Petersilie garnieren und servieren.

Sandwich mit Würstchen

Köstliche Bratwürstchen, bunte Paprika und Zwiebeln machen dieses herzhafte Sandwich einfach unwiderstehlich. Ein Rucola-Salat passt hierzu gut als leichte Beilage.

Für 4 Personen

ZUTATEN

2 EL Olivenöl

8 kleine Bratwürstchen

1 grüne Paprika

1 rote Paprika

1 orangefarbene Paprika

1 Zwiebel

2 Knoblauchzehen

½ TL Salz

½ TL Pfeffer

125 ml Rotwein

425 g gehackte Tomaten aus der Dose

2 TL getrockneter Oregano

4 Baguettebrötchen (oder zugeschnittenes Ciabatta oder Baguette)

Salat

280 g Rucola

3 EL Rotweinessig

½ TL Salz

¼ TL Pfeffer

4 EL Olivenöl

NOCH 30 MINUTEN

Das Öl in einer großen Pfanne auf mittlerer bis hoher Stufe erhitzen. Die Würstchen hineingeben und unter gelegentlichem Wenden 6–8 Minuten rundum anbräunen. Aus der Pfanne nehmen und beiseitestellen. In der Zwischenzeit die Paprika entkernen und in etwa 2,5 cm breite Streifen schneiden. Die Zwiebel halbieren und in dünne Halbringe schneiden. Den Knoblauch fein hacken.

NOCH 20 MINUTEN

Das Gemüse in die Pfanne geben und unter häufigem Rühren etwa 4 Minuten dünsten, bis es weich wird. Dann Knoblauch, Salz und Pfeffer zugeben. Unter Rühren weitere 1–2 Minuten dünsten. Wein, Tomaten und Oregano zufügen und aufkochen. Die Würstchen zurück in die Pfanne legen, den Deckel auflegen und weitere 15 Minuten schmoren, bis die Würstchen durchgegart sind. In der Zwischenzeit den Rucola in eine Schüssel geben. Essig, Salz und Pfeffer in eine kleine Schüssel geben und langsam das Olivenöl mit dem Schneebesen einrühren. Den Rucola mit der Vinaigrette vermengen.

NOCH 5 MINUTEN

Die Brötchen halbieren und auf jedes Brötchen zwei Würstchen legen. Gemüse und Sauce mit dem Löffel darüber verteilen. Heiß servieren und den Salat dazu reichen.

1

1

2

Fajitas mit Schwein & Chili

Fajitas sind nach einem langen Tag immer willkommen. Sie können am Tisch serviert und von jedem selbst zusammengestellt werden.

Für 4 Personen

ZUTATEN

8–12 Weizenmehl-Tortillas

1 EL Chipotle-Chilipulver

2 TL brauner Zucker

1 TL Salz

1 TL gemahlener Kreuzkümmel

1 TL getrockneter Oregano

½ TL Knoblauchpulver

1 Schweinefilet

2 Speckscheiben

1 Zwiebel

1 rote Paprika

1 orangefarbene oder gelbe Paprika

1 EL Olivenöl

1 EL Knoblauchpüree

Zum Servieren

Salsa

Guacamole oder Avocado-Stücke

saure Sahne

NOCH 30 MINUTEN

Den Ofen auf 200 °C vorheizen. Die Tortillas in Alufolie wickeln und im Ofen erwärmen. Chilipulver, Zucker, Salz, Kreuzkümmel, Oregano und Knoblauchpulver in einer kleinen Schüssel vermengen.

NOCH 25 MINUTEN

Das Schweinefilet in 5 mm dicke runde Scheiben und dann in 1 cm breite Streifen schneiden. Den Speck würfeln. Schweinefilet und Speck in einer Schüssel mit der Gewürzmischung vermengen. Zwiebel, rote und orangefarbene Paprika in 1 cm breite Streifen schneiden.

NOCH 20 MINUTEN

Das Öl in einer großen Pfanne auf mittlerer bis hoher Stufe erhitzen. Schweinefilet und Speck in die Pfanne geben (falls die Pfanne zu voll wird, eventuell in zwei Portionen garen) und unter Rühren 4–5 Minuten braten, bis das Fleisch braun ist. Aus der Pfanne auf einen Teller füllen. Zwiebel, Knoblauchpüree und Paprika in die Pfanne geben und etwa 4 Minuten dünsten, bis das Gemüse weich wird. Das Fleisch zurück in die Pfanne füllen und gar braten. Sofort mit warmen Tortillas, Salsa, Guacamole und saurer Sahne servieren.

Schweinepfanne mit Cashews

Zerdrückte Pfefferkörner und Koriandersamen verleihen dem Schweinefleisch Textur und Aroma.

Tipp! Statt frischem Ingwer eine Prise Ingwerpulver verwenden.

Für 2 Personen

ZUTATEN

280 g Schweinefilet

1 Limette

1 TL Koriandersamen

½ TL weiße Pfefferkörner

¼ TL Salz

¼ TL Zucker

3 Frühlingszwiebeln

1 Knoblauchzehe

2,5-cm-Stück frische Ingwerwurzel

1 kleine grüne Paprika

2 EL Cashewnusskerne

2 EL Erdnussöl

1 EL Hühnerbrühe

1 TL thailändische Fischsauce

2 EL frische Minze, zum Garnieren

NOCH 30 MINUTEN

Das Schweinefilet diagonal quer zur Faser in dünne mundgerechte Stücke schneiden. Mit Frischhaltefolie bedecken und mit einem Fleischklopfer flach klopfen. Abgeriebene Schale und Saft der halben Limette vorbereiten. In einem Mörser Koriandersamen, Pfefferkörner, Salz, Zucker und Limettenschale zerstoßen. Die Frischhaltefolie vom Fleisch nehmen und die Gewürzmischung von beiden Seiten fest in das Fleisch reiben. Weiße und grüne Teile der Frühlingszwiebeln trennen, der Länge nach halbieren und in 2 cm lange Stücke schneiden. Den Knoblauch in feine Scheiben schneiden und den Ingwer fein hacken. Die grüne Paprika entkernen und in dünne Streifen schneiden. Die Nüsse grob hacken.

NOCH 10 MINUTEN

Einen Wok auf hoher Stufe erhitzen und 1 Esslöffel Öl hineingeben. Das Schweinefleisch zufügen und 2–3 Minuten braten, bis das Fleisch gar ist. Mit dem Bratensaft auf einen Teller geben. Den Wok auswischen, erneut auf mittlerer bis hoher Stufe erhitzen, das übrige Öl hineingießen und Knoblauch und Ingwer für einige Sekunden kurz anbraten. Dann die weißen Teile der Frühlingszwiebeln und die grüne Paprika in den Wok geben und 2 Minuten braten. Die Nüsse hineingeben und etwa 1 Minute braten.

NOCH 5 MINUTEN

Die Herdplatte auf hohe Stufe stellen und Schweinefleisch und Bratensaft in den Wok füllen. Brühe, Limettensaft, Fischsauce und den grünen Teil der Frühlingszwiebeln zugeben. 30 Sekunden braten, mit Minze bestreuen und sofort servieren.

1

1

2

Kapitel 3

FISCH & MEERESFRÜCHTE

FISCH & MEERESFRÜCHTE

Fisch und Meeresfrüchte sind recht empfindlich und müssen rasch zubereitet werden, damit sie nicht zerfallen oder zu weich oder zäh werden. Hervorragende schnelle Zubereitungen für sie zu finden, ist ein Kinderspiel.

Die meiste Zeit nimmt das Säubern und die küchenfertige Vorbereitung der Meeresfrüchte in Anspruch. Garnelen schälen und ihren Darm entfernen, Tintenfische säubern und ausnehmen sowie Fischfilets zuschneiden kann entsetzlich lang dauern. Doch wir haben eine Lösung dafür: Ihren freundlichen Fischhändler vor Ort!

Heute ist es einfacher geworden, frischen Fisch und Meeresfrüchte zu finden, die küchenfertig vorbereitet sind. Garnelen erhält man geschält und ohne Darm, Krebsfleisch aus der Schale gelöst und gekocht, Tintenfisch gesäubert und oft in Ringe geschnitten und Fisch ist filetiert erhältlich. Diese küchenfertigen Versionen sind sicherlich ein wenig teurer, doch wie heißt es so schön: Zeit ist Geld. Wenn am Ende eines langen Arbeitstages eine hungrige Familie wartet, finden Sie vielleicht auch, dass diese praktischen Zutaten ihren Preis wert sind.

Auch wenn Ihr Supermarkt keinen frischen küchenfertigen Fisch oder Meeresfrüchte anbietet, gibt es in der Tiefkühltheke wahrscheinlich jede Menge gute Alternativen. Fisch und Meeresfrüchte lassen sich gut einfrieren und schmecken ebenso gut wie frisch, wenn Ihr Zauberrezept fertig ist.

Frisch gefangen & schnell zubereitet.

Bei den meisten Gerichten mit Fisch und Meeresfrüchten liegt der Trick darin, sie schnell auf hoher Temperatur und nur kurz zu garen. Dafür eignet sich jede schnelle Garmethode – Braten im Wok, Dünsten und Braten in der Pfanne, Grillen im Backofen und über Holzkohle, Pochieren und Dämpfen.

Garnelen werden beispielsweise für den Cajun-Garnelensalat in einer Gewürzmischung gewendet und gegrillt. Für die Tintenfisch-Garnelen-Pfanne werden sie mit dem Tintenfisch im Wok kurz gebraten, für die Spaghetti mit Garnelen & Chili-Limette zusammen mit Knoblauch und Chili im Topf gegart.

Lachs wird in unserem Lachs-Kartoffel-Auflauf im heißen Ofen auf einem dünn geschnittenen Kartoffelbett mit Rosenkohl, viel Zitrone und frischem Dill gebacken. Für unsere Fisch & Chips aus dem Ofen wird der Kabeljau paniert und mit den Kartoffeln im Ofen gegart.

Für die Seezunge mediterran wird Seezunge mit Fenchel und Oliven auf Couscous gegart. Auch im Rezept für den Kabeljau mit scharfer Koriandersauce gart der Kabeljau sanft auf einem Bett aus Quinoa.

Im Thunfisch-Nudel-Auflauf verwenden wir Thunfisch aus der Dose und die Nudeln müssen nicht erst vorgekocht werden.

Kurzum, wenn Sie sehr beschäftigt sind und dennoch gesunde und leckere selbst gemachte Mahlzeiten genießen möchten, dann sollten schnelle und köstliche Rezepte mit Fisch und Meeresfrüchten immer auf Ihrem Speiseplan stehen.

Cajun-Garnelensalat

Die Cajun-Gewürzmischung passt wunderbar zu den Garnelen in diesem Rezept, eignet sich aber auch hervorragend für Hühnchen, Fisch und anderes Fleisch.

Für 4 Personen

ZUTATEN

675 g rohe Garnelen, ausgelöst
200 g Kopfsalat
10–15 Cocktailtomaten
1 Gurke
1 Avocado

Cajun-Gewürzmischung

1 EL Salz
1 EL Cayennepfeffer
1 EL Knoblauchpulver
1 EL süßes Paprikapulver
1½ TL Zwiebelpulver
1½ TL getrockneter Oregano
1½ TL getrockneter Thymian
1½ TL gemahlener Pfeffer

Remouladen-Dressing

1 kleine Selleriestange
1 EL frische Petersilienblätter
2 EL Zitronensaft
2 EL Dijon-Senf
2 EL Meerrettich
½ TL Knoblauchpüree
1 TL Weißweinessig
4 EL Olivenöl
1 EL Mayonnaise

NOCH 30 MINUTEN

Alle Zutaten für die Gewürzmischung in einer kleinen Schüssel vermengen. Für die Remoulade Sellerie und Petersilie fein hacken. Mit allen anderen Zutaten in eine kleine Schüssel geben und ¼ Teelöffel der Cajun-Gewürzmischung zufügen. Mit dem Schneebesen verrühren.

NOCH 20 MINUTEN

In der Zwischenzeit den Backofengrill auf mittlerer Stufe vorheizen. Die Garnelen in 1–2 Esslöffeln der Gewürzmischung wenden und nebeneinander in eine Auflaufform legen. Unter den Grill stellen und 2–3 Minuten garen, bis die Oberflächen rosa werden. Wenden und weitere 2–3 Minuten von der anderen Seite grillen, bis sie gar sind. In der Zwischenzeit den Kopfsalat zerzupfen und in eine Salatschüssel geben. Die Tomaten halbieren. Die Gurke würfeln, die Avocado schälen und das Fruchtfleisch würfeln. Tomaten, Gurke und Avocado zum Salat in die Schüssel legen.

NOCH 10 MINUTEN

Sobald die Garnelen durchgegart sind, aus dem Ofen nehmen und abkühlen lassen, während der Salat zubereitet wird. Das Dressing über den Salat gießen und vermengen. Die Garnelen unterheben und servieren.

1

2

2

Asiatische Nudelsuppe

Ramen-Nudeln werden aus Weizenmehl hergestellt und sind dicker und reichhaltiger als andere asiatische Nudeln. Hier ergeben sie ein komplettes Gericht, das fettarm, aber sehr nahrhaft ist.

Für 4 Personen

ZUTATEN

2,5-cm-Stück frische Ingwerwurzel

6 Frühlingszwiebeln

2 Karotten

1 l Gemüsebrühe

30 g Miso-Paste

250 g frisches Lachsfilet

125 g Shiitake-Pilze

250 g Ramen-Nudeln

1 frischer roter Chili

dunkle Sojasauce, nach Belieben

Zeit gewinnen! Wenn es besonders schnell gehen soll, kann man fertige Karottenstifte und gefrorenen gehackten Ingwer verwenden.

NOCH 30 MINUTEN

Den Ingwer in dünne Scheiben schneiden, die Frühlingszwiebeln fein hacken und die Karotten in dünne Stifte schneiden. Ingwer, Frühlingszwiebeln und Karotten mit Brühe und Miso-Paste in einen großen Topf geben und auf mittlerer bis hoher Stufe zum Kochen bringen.

NOCH 15 MINUTEN

Das Lachsfilet würfeln und die Pilze in Scheiben schneiden. Beides in die Suppe geben und 2–3 Minuten kochen, bis der Lachs gar ist und leicht zerfällt. Die Nudeln zufügen und umrühren, bis sie warm sind.

NOCH 5 MINUTEN

Den Chili entkernen und in dünne Streifen schneiden. Die Suppe in vier vorgewärmte Suppenschalen füllen. Nach Geschmack Sojasauce zufügen und mit ein wenig Chili garnieren. Sofort servieren.

Garnelen-Burger mit Limette

Dieser leichte Hamburger ist einmal etwas ganz anderes als seine Verwandten mit Fleisch. Er enthält nur wenig gesättigte Fette.

Für 4 Personen

ZUTATEN

1 Limette

1 Selleriestange

2 Frühlingszwiebeln

1 Knoblauchzehe

550 g gekochte und geschälte Garnelen

2 EL fein gehackter frischer Koriander

½ TL Salz

½ TL Chipotle-Chilipulver

2 TL Olivenöl

4 Vollkorn-Hamburger-Brötchen

2 EL fettarme Mayonnaise

4 Salatblätter

NOCH 30 MINUTEN

Abgeriebene Schale und Saft der Limette vorbereiten. Sellerie, Frühlingszwiebeln und Knoblauch fein hacken. 450 g der Garnelen in einer Küchenmaschine pürieren. Die übrigen Garnelen würfeln und in einer großen Schüssel unter das Garnelenpüree mengen. Sellerie, Frühlingszwiebeln, Koriander, Knoblauch, Salz, Chilipulver und abgeriebene Limettenschale und -saft zufügen und sorgfältig vermengen.

NOCH 15 MINUTEN

Die Garnelenmischung zu vier Burgern formen. Das Öl in einer großen Pfanne auf mittlerer bis hoher Stufe erhitzen. Die Garnelen-Burger hineinlegen und 3–4 Minuten anbräunen. Wenden und von der anderen Seite ebenfalls 3–4 Minuten braten, bis sie gebräunt und gar sind.

NOCH 5 MINUTEN

Die Brötchen halbieren und die Schnittflächen toasten. Mayonnaise auf die unteren Hälften streichen. Einen Garnelen-Burger auf jede untere Hälfte legen, darauf ein Salatblatt legen und mit der oberen Hälfte bedecken. Sofort servieren.

Fisch-Tacos mit Avocado-Salsa

Die warmen, einladenden Aromen Mexikos machen dieses schnelle und nahrhafte Gericht zu einem Genuss.

Zeit gewinnen! Nehmen Sie fertige Salsa, um Zeit zu sparen.

Für 4 Personen

ZUTATEN

2 EL Limettensaft

1 EL Olivenöl

1 TL gemahlener Kreuzkümmel

1 TL Chilipulver

½ TL Salz

400 g weißes Fischfilet

8 kleine Maistortillas und Rotkohl, zum Servieren

Avocado-Salsa

½ rote Zwiebel

2 Tomaten

½ Avocado

2 Jalapeño-Chilis

2 EL frisch gehackter Koriander

3 EL Limettensaft

½ TL Salz

NOCH 30 MINUTEN

Für die Salsa Zwiebel, Tomaten und Avocado würfeln. Die Chilis entkernen und würfeln. Mit den weiteren Zutaten in eine Schüssel geben und sorgfältig umrühren.

NOCH 25 MINUTEN

Limettensaft, Öl, Kreuzkümmel, Chilipulver und Salz in einer kleinen Schüssel verrühren. Die Fischfilets von beiden Seiten mit der Limettenmischung bestreichen. Eine Grillpfanne auf mittlerer bis hoher Stufe erhitzen. Den Fisch hineinlegen und 2–4 Minuten von jeder Seite braten, bis die dunklen Streifen der Grillpfanne sichtbar sind und der Fisch durchgegart ist.

NOCH 10 MINUTEN

Den Fisch in mundgerechte Stücke schneiden. Die Tortillas in der Grillpfanne erwärmen und währenddessen den Rotkohl reiben. Fisch, Salsa und geriebenen Rotkohl auf die Tortillas verteilen und sofort servieren.

Meeresfrüchte aus dem Ofen

Mit diesem Festmahl aus Meeresfrüchten, Mais und Kartoffeln bringen Sie das Meer direkt auf den Tisch.

Für 4 Personen

ZUTATEN

60 g Butter, plus etwas mehr zum Einfetten

350 g neue Kartoffeln

4 frische Maiskolben

4 EL Olivenöl

1 TL Salz

Saft von ½ Zitrone

3 Knoblauchzehen

1 EL süßes oder geräuchertes Paprikapulver

900 g frische kleine Venusmuscheln

900 g frische Miesmuscheln

350 g große rohe Garnelen, ausgelöst

125 ml trockener Weißwein

knuspriges Brot, zum Servieren

Sauce

115 g Butter

3 Knoblauchzehen

NOCH 30 MINUTEN

Den Backofen auf 220 °C vorheizen und ein großes Backblech einfetten. Die Kartoffeln in dünne Scheiben schneiden. Jeden Maiskolben in 3–4 Stücke brechen. Kartoffeln und Maiskolben auf das Backblech legen. Mit der Hälfte des Öls beträufeln und mit der Hälfte des Salzes bestreuen. Mit Aluminiumfolie abdecken und im vorgeheizten Ofen etwa 20 Minuten backen. In der Zwischenzeit die Butter in der Mikrowelle zerlassen. Herausnehmen und das übrige Öl hinzufügen, dann Zitronensaft, Knoblauch, Paprikapulver und das restliche Salz zugeben.

NOCH 20 MINUTEN

Während das Gemüse gart, die Venusmuscheln bürsten und den Bart von den Miesmuscheln abziehen. Venusmuscheln und Miesmuscheln mit zerbrochenen Schalen oder solchen, die sich beim Gegenklopfen nicht öffnen, entsorgen. Die Garnelen waschen. Die Aluminiumfolie vom Backblech entfernen und die Muscheln auf dem Backblech zwischen den Kartoffeln verteilen. Den Wein darübergießen und wieder mit Alufolie abdecken. In den Backofen schieben und weitere 5 Minuten garen. Herausnehmen, die Alufolie abheben und die Garnelen über Gemüse und Muscheln verteilen. Die Buttermischung über die Meeresfrüchte träufeln. Wieder mit Alufolie abdecken und das Backblech zurück in den Ofen schieben. Weitere 5 Minuten backen, bis die Garnelen rosa und durchgegart sind und alle Muscheln geöffnet sind (ungeöffnete entsorgen).

NOCH 5 MINUTEN

Inzwischen für die Sauce die Butter in der Mikrowelle zerlassen. Den Knoblauch fein hacken und mit der Butter verrühren. Kleine Schüsseln mit Sauce und knuspriges Brot zum Auftunken des Saftes zu den gebackenen Meeresfrüchten reichen. Den Tisch mit leeren Schüsseln für die Schalen und ausreichend Servietten decken.

Tipp!

Sollten keine frischen Meeresfrüchte erhältlich sein oder Sie eine preiswertere Alternative bevorzugen, ersetzen Sie sie durch Tiefkühlmeeresfrüchte. Viele Supermärkte bieten Meeresfrüchtemischungen tiefgekühlt in Beuteln an. Vorher auftauen.

Thunfisch-Nudel-Auflauf

Kaum vorzustellen, dass der klassische Thunfisch-Nudel-Auflauf noch einfacher ginge, doch wir haben es geschafft! Sie müssen noch nicht einmal die Nudeln vorkochen.

Für 4 Personen

ZUTATEN

1 Zwiebel

1 Karotte

1 EL Olivenöl

140 g Champignons

450 ml Hühnerbrühe oder Gemüsebrühe

1 Beutel Pilzsuppe, aufgelöst in 300 ml heißem Wasser

475 g Thunfisch im eigenen Saft aus der Dose

350 g getrocknete Eiernudeln

125 g Panko-Semmelbrösel (Asia-Shop)

55 g Parmesan

Salz und Pfeffer

Tipp!
Damit die Nudeln gleichmäßig garen, sollten sie vollständig mit Sauce überzogen sein, bevor die Pfanne in den Ofen gestellt wird.

NOCH 30 MINUTEN

Den Backofen auf 200 °C vorheizen. Zwiebel und Karotte würfeln. Das Öl in einer großen ofenfesten Pfanne erhitzen. Zwiebel und Karotte hineingeben und unter gelegentlichem Rühren andünsten. In der Zwischenzeit die Pilze in Scheiben schneiden und mit in die Pfanne geben. Mit Salz und Pfeffer würzen und unter gelegentlichem Rühren 2–3 Minuten dünsten, bis das Gemüse weich wird.

NOCH 25 MINUTEN

Brühe und Suppe einrühren und zum Kochen bringen. Den Thunfisch abtropfen und mit in die Pfanne geben, große Stücke dabei zerteilen. Die Nudeln zufügen und umrühren, damit sie von allen Seiten mit Sauce überzogen werden. Die Pfanne abdecken und etwa 15 Minuten in den vorgeheizten Ofen stellen, bis die Nudeln weich sind.

NOCH 5 MINUTEN

Den Backofengrill auf mittlerer Stufe vorheizen. Die Pfanne aus dem Ofen nehmen und den Auflauf sorgfältig umrühren. Semmelbrösel und Käse gleichmäßig über den Auflauf streuen und die Pfanne 2–3 Minuten unter den Backofengrill stellen, bis der Belag goldbraun ist. Sofort servieren.

Spaghetti mit Garnelen & Chili-Limette

Eine scharfe Pasta mit saftigen Garnelen, kaum schwieriger als Nudeln zu kochen.

Für 4 Personen

ZUTATEN

450 g Spaghetti

4 Knoblauchzehen

2–4 rote oder grüne Jalapeño-Chilis

4 kleine Zucchini

3 Frühlingszwiebeln

2 EL Olivenöl

1 Limette

450 g rohe Garnelen, ausgelöst

2 EL Butter

Salz

Variation! Verwenden Sie gekochte Garnelen, Jakobsmuscheln oder Krabbenfleisch anstelle der rohen Garnelen. Mit der Butter zufügen und erwärmen.

NOCH 30 MINUTEN

Wasser und Salz in einem großen Topf zum Kochen bringen. Die Spaghetti hineingeben, wieder aufkochen und 8–10 Minuten garen, bis die Spaghetti weich, aber noch al dente sind. In der Zwischenzeit den Knoblauch schälen und pressen, die Chilis entkernen und würfeln, die Zucchini würfeln und die Frühlingszwiebeln in dünne Scheiben schneiden.

NOCH 15 MINUTEN

Die Nudeln durch ein Sieb abgießen und den Topf wieder auf den Herd stellen. Öl hineingießen und auf mittlerer bis hoher Stufe erhitzen. Den Knoblauch hineingeben und unter ständigem Rühren 1–2 Minuten dünsten. Chilis, Zucchini und ½ Teelöffel Salz hineingeben und garen, bis die Zucchini anfangen zu bräunen, dabei gelegentlich umrühren.

NOCH 10 MINUTEN

Abgeriebene Schale und Saft der Limette vorbereiten. Garnelen, Limettensaft und -schale in den Topf geben. Die Frühlingszwiebeln zufügen und garen, bis die Garnelen rosa und durchgegart sind, dabei gelegentlich rühren. Butter und Spaghetti zufügen und unter Rühren 1–2 Minuten kochen, bis die Flüssigkeit verdampft ist. Sofort servieren.

1

2

3

Rustikaler Fischtopf

Eine Schale voll dampfender Fischsuppe serviert mit knusprigem Brot tut gut und ist schnell und leicht zubereitet.

Für 4 Personen

ZUTATEN

300 g frische Venusmuscheln

1 große Zwiebel

6 Eiertomaten

2 Knoblauchzehen

2 Selleriestangen

2 EL Olivenöl

350 g festes weißes Fischfilet

250 g Tintenfischringe

400 ml Fischbrühe

1 kleines Bund frischer Thymian

Salz und Pfeffer

knuspriges Brot, zum Servieren

NOCH 30 MINUTEN

Die Venusmuscheln bürsten und Muscheln mit zerbrochenen Schalen oder solche, die sich bei Gegenklopfen nicht öffnen, entsorgen. Zwiebel und Tomaten würfeln, den Knoblauch zerdrücken und den Sellerie in Scheiben schneiden. Das Öl in einer großen Pfanne auf mittlerer Stufe erhitzen. Zwiebel, Knoblauch und Sellerie hineingeben und 3–4 Minuten dünsten, dabei gelegentlich umrühren, bis sie weich, aber nicht braun sind. In der Zwischenzeit den Fisch in Stücke schneiden.

NOCH 15 MINUTEN

Fisch und Tintenfisch in die Pfanne rühren und 2 Minuten leicht braten. Tomaten, Brühe und Thymian unterrühren und mit Salz und Pfeffer würzen. Abdecken und 3–4 Minuten kochen, bis der Fisch gar ist. Die Venusmuscheln zufügen, den Deckel auflegen und auf hoher Stufe weitere 2 Minuten kochen, bis sich die Schalen öffnen.

NOCH 5 MINUTEN

Alle ungeöffneten Venusmuscheln entfernen. Den Eintopf in vorgewärmte Schalen füllen und sofort mit knusprigem Brot servieren.

Tipp!
Sollten keine frischen Meeresfrüchte erhältlich sein oder Sie eine preiswertere Alternative bevorzugen, ersetzen Sie sie durch Tiefkühlmeeresfrüchte. Viele Supermärkte bieten Meeresfrüchtemischungen tiefgekühlt in Beuteln an. Vorher auftauen.

Lachs-Kartoffel-Auflauf

Im Mund zergehende Kartoffeln sind die Grundlage für den wunderbaren Lachs. Die einfache, aber raffinierte Sauce aus Butter, Zitrone und Dill macht dieses Gericht auch fit für das nächste Dinner mit Gästen.

Für 4 Personen

ZUTATEN

450 g neue Kartoffeln

2 EL Olivenöl, plus etwas mehr zum Einfetten

1 TL Salz

350 g Rosenkohl

½ TL Pfeffer

675 g Lachsfilet

2 EL Butter

1 EL frischer Dill

Saft von 1 Zitrone

3 Frühlingszwiebeln

Tipp! Mit einem Gemüsehobel sind die Kartoffeln schnell geschnitten. Aber ein scharfes Messer leistet auch gute Dienste.

NOCH 30 MINUTEN

Den Backofen auf 230 °C vorheizen und eine große Auflaufform einfetten. Die Kartoffeln in dünne Scheiben schneiden und in einer gleichmäßigen Schicht auf dem Boden der Auflaufform verteilen. Die Hälfte des Öls über die Kartoffeln träufeln und mit Salz bestreuen. In den vorgeheizten Ofen schieben.

NOCH 25 MINUTEN

Den Rosenkohl säubern und in Scheiben schneiden. In einer Schüssel mit dem übrigen Öl, der Hälfte des verbleibenden Salzes und Pfeffer vermengen. Die Auflaufform aus dem Ofen nehmen und den geschnittenen Rosenkohl in einer Schicht über die Kartoffeln legen. Wieder in den Ofen stellen. Den Lachs in 5 cm große Stücke schneiden und mit dem restlichen Salz würzen. Die Butter in einer kleinen Schüssel in der Mikrowelle zerlassen. Den Dill fein hacken und mit dem Zitronensaft unter die Butter rühren. Die Frühlingszwiebeln fein schneiden.

NOCH 15 MINUTEN

Die Auflaufform aus dem Ofen nehmen und die Lachsstücke auf den Rosenkohl legen. Die Buttermischung mit einem Löffel über den Lachs verteilen und etwas über das Gemüse geben. Die Frühlingszwiebeln darauf verteilen. Wieder in den Ofen stellen und weitere 10–12 Minuten backen, bis der Lachs in Stücke zerfällt, wenn man mit einer Gabel hineinsticht. Sofort servieren.

1

2

2

Seezunge mediterran

Salzige Oliven und duftender Fenchel verleihen dem einfachen Gericht aus Fisch und Couscous mediterranes Flair.

Variation! Dieses Rezept kann auch mit Kabeljau, Heilbutt oder Garnelen zubereitet werden.

Für 4 Personen

ZUTATEN

1 Schalotte

1 Knoblauchzehe

1 Fenchelknolle

35 g entsteinte Kalamata-Oliven

2 EL Olivenöl

125 g Couscous

240 g gehackte Tomaten aus der Dose

350 ml Gemüsebrühe oder Wasser

4 Seezungenfilets (à 175 g)

¼–½ TL zerstoßene Chiliflocken

1 EL frische Oreganoblätter oder 1 TL getrockneter Oregano

60 g Butter

50 ml Weißwein

Salz und Pfeffer

NOCH 30 MINUTEN

Die Schalotte hacken und den Knoblauch fein hacken. Den Fenchel säubern und in dünne Scheiben schneiden. Die Oliven hacken. Das Öl in einer großen Pfanne auf mittlerer bis hoher Stufe erhitzen. Schalotte, Knoblauch und Fenchel zufügen und unter gelegentlichem Rühren etwa 3 Minuten dünsten, bis das Gemüse weich ist. Couscous, Tomaten, Brühe, Oliven und 1 Teelöffel Salz zufügen. Gut verrühren.

NOCH 20 MINUTEN

Die Fischfilets auf die Couscous-Mischung legen, wenn möglich nebeneinander. Nach Belieben mit Salz und Pfeffer würzen. Den Fisch mit Chiliflocken und Oregano bestreuen. Die Butter in kleine Stücke schneiden und auf dem Fisch verteilen. Den Wein über und um den Fisch herum träufeln.

NOCH 15 MINUTEN

Den Deckel auflegen und den Herd auf kleine Stufe stellen. Weitere 15 Minuten garen, bis Fisch und Couscous durchgegart sind. Auf angewärmten Tellern servieren.

Ganz leicht! Die einfache Version eines klassischen Gerichts.

Schnelle Paella

Normalerweise braucht Paella ihre Zeit, doch diese einfache Version ist in einer halben Stunde fertig.

Für 4 Personen

ZUTATEN

1 Zwiebel

1 rote Spitzpaprika

100 g Chorizo

2 EL Olivenöl

200 g Langkornreis

850 ml kochende Fischbrühe

1 Prise Safranfäden

140 g gefrorene Erbsen

200 g gekochte und geschälte Riesengarnelen

Salz und Pfeffer

frisch gehackte glatte Petersilie, zum Garnieren

knuspriges Brot, zum Servieren

NOCH 30 MINUTEN

Die Zwiebel in dünne Ringe, Paprika und Chorizo in Scheiben schneiden. Das Öl in einem großen Topf auf mittlerer Stufe erhitzen. Zwiebel und rote Paprika hineingeben und 2 Minuten dünsten, dabei ständig umrühren. Chorizo und Reis unterrühren und 1 weitere Minute dünsten.

NOCH 20 MINUTEN

Brühe und Safran zufügen und zum Kochen bringen. Die Hitze reduzieren, die Pfanne bedecken und 10 Minuten weiterköcheln. Gelegentlich umrühren, bis der Reis fast gar ist.

NOCH 10 MINUTEN

Erbsen und Garnelen unterheben und mit Salz und Pfeffer würzen. Abdecken und auf kleiner Stufe weitere 4–5 Minuten köcheln, bis der Reis gar ist. Auf vorgewärmten Tellern anrichten, mit Petersilie garnieren und sofort mit knusprigem Brot servieren.

Kabeljau mit scharfer Koriandersauce

Gesunde Quinoa, saftiger Kabeljau und eine helle Kräutersauce ergeben ein außergewöhnliches Gericht für einen lauen Frühlings- oder Sommerabend.

Für 4 Personen

ZUTATEN

1 kleine rote Zwiebel

1 Karotte

2 EL Olivenöl

175 g Quinoa

280 g Grünkohl, in Streifen geschnitten

350 ml Gemüsebrühe oder Wasser

½ TL Salz

675 g Kabeljaufilet

Scharfe Koriandersauce

40 g frische Korianderblätter

50 g geröstete Mandelkerne

40 g frische glatte Petersilienblätter

1 Knoblauchzehe

2–4 EL Olivenöl

Saft von 1 Zitrone

2 EL Wasser, plus etwas mehr bei Bedarf

½ TL gemahlener Kreuzkümmel

¼ TL Cayennepfeffer

¼ TL Salz

55 g abgetropfter Feta-Käse

NOCH 30 MINUTEN

Zwiebel und Karotte würfeln. Das Öl in einer großen Pfanne mit dickem Boden auf mittlerer bis hoher Stufe erhitzen. Zwiebel und Karotte hineingeben und 5 Minuten dünsten, bis die Zwiebel weich wird. Die Quinoa zufügen und sorgfältig umrühren. Grünkohl, Brühe und Salz unterheben und aufkochen. Dann den Herd auf kleine Stufe stellen.

NOCH 20 MINUTEN

Den Fisch in mundgerechte Stücke schneiden und nebeneinander auf die Quinoa in der Pfanne legen. Den Deckel auflegen und 15 Minuten garen, bis Fisch und Quinoa durchgegart sind. In der Zwischenzeit die Sauce zubereiten. Koriander, Mandeln, Petersilie und Knoblauch in der Küchenmaschine hacken. Öl, Zitronensaft, Wasser, Kreuzkümmel, Cayennepfeffer und Salz zufügen und pürieren. Falls die Mischung zu dick ist, etwas mehr Öl oder Wasser zugeben. Den Käse zufügen und nochmals mixen. Abschmecken und bei Bedarf nachwürzen.

NOCH 5 MINUTEN

Mit einem Spatel den Fisch mit der darunterliegenden Quinoa und dem Gemüse aus der Pfanne heben. Auf vorgewärmte Teller füllen, einen Löffel Sauce über den Fisch geben und sofort servieren.

1

2

2

Fisch & Chips aus dem Ofen

Wenn der Backfisch mit Pommes frites im Backofen zubereitet wird, ist das Gericht schnell fertig und bedeutend gesünder.

Variation! Reichen Sie anstelle des Salats den Krautsalat von S. 26 dazu.

Für 4 Personen

ZUTATEN

675 g Kartoffeln

2 EL Pflanzenöl

675 g Kabeljaufilet

30 g Mehl

2 große Eiweiß

200 g Semmelbrösel

Pflanzenöl-Spray zum Kochen

Salz und Pfeffer

Remoulade, zum Servieren (s. Seite 94)

Salat

1 kleine Gurke

4–6 Radieschen

280 g gemischte Salatblätter

1 Zitrone

1 TL Weißweinessig

½ TL Salz

¼ TL Pfeffer

1 Prise Zucker

4 EL Olivenöl

Dillspitzen, zum Garnieren

NOCH 30 MINUTEN

Den Backofen auf 230 °C vorheizen. Die Kartoffeln abbürsten und in 5 mm x 5 mm dicke Stifte schneiden. Die Kartoffelstifte unter kaltem Wasser abwaschen und mit Küchenpapier trocken tupfen. Dann nebeneinander auf einem Backblech verteilen und mit dem Pflanzenöl vermengen. Mit ½ Teelöffel Salz würzen und im vorgeheizten Ofen etwa 25 Minuten backen.

NOCH 25 MINUTEN

In der Zwischenzeit den Fisch in Streifen schneiden und von beiden Seiten mit ½ Teelöffel Salz und ¼ Teelöffel Pfeffer würzen. Mehl, Eiweiß und Semmelbrösel in drei separate Schüsseln füllen. Das Eiweiß schaumig schlagen. Den Fisch in das Mehl tauchen, danach in das Eiweiß und anschließend in den Semmelbröseln wenden. Die Kartoffeln aus dem Ofen nehmen und auf eine Seite des Backbleches schieben. Die Fischfilets nebeneinander auf die andere Seite legen und mit Öl besprühen. Das Backblech wieder in den Ofen schieben und 15 Minuten backen. Den Fisch einmal wenden, bis er knusprig und durchgegart ist und die Kartoffelstifte braun sind.

NOCH 10 MINUTEN

In der Zwischenzeit den Salat vorbereiten. Gurke und Radieschen in Scheiben schneiden und mit den Salatblättern in einer großen Salatschüssel vermischen. Abgeriebene Schale und Saft der Zitrone mit Essig, Salz, Pfeffer und Zucker in einer kleinen Schüssel verrühren. Mit dem Schneebesen das Öl sorgfältig einrühren und das Dressing unter den Salat heben. Fisch und Chips mit einem Löffel Remoulade und dem Salat mit Dillspitzen garniert als Beilage servieren.

1

2

2

Tintenfisch-Garnelen-Pfanne

Ein einfaches und stilvolles Gericht, das man auch Gästen servieren kann.

Vorbereiten! Die Meeresfrüchte können bis zum Garen mariniert werden.

Für 4 Personen

ZUTATEN

250 g rohe Riesengarnelen

175 g Tintenfisch

2 Frühlingszwiebeln

2 Knoblauchzehen

2,5-cm-Stück frische Ingwerwurzel

2 EL Zitronensaft

2 EL thailändische süße Chilisauce

2 EL Sonnenblumenöl

150 g Zuckererbsen

200 g Brokkoliröschen

NOCH 30 MINUTEN

Die Garnelen schälen und den Darm entfernen, der Länge nach halbieren und in eine Schüssel legen. Den Tintenfisch säubern, die Tentakel entsorgen und den Körper in dicke Ringe schneiden. Die Frühlingszwiebeln in feine Scheiben schneiden und den Knoblauch fein hacken. Die Ingwerwurzel schälen. Garnelen, Tintenfisch, Frühlingszwiebeln, Knoblauch, Zitronensaft, Chilisauce und die Hälfte des Öls in eine Schüssel geben, die Ingwerwurzel hineinreiben und verrühren. Bis zum Braten marinieren.

NOCH 15 MINUTEN

Die Zuckererbsen diagonal halbieren. Einen Wok auf mittlerer bis hoher Stufe erhitzen und dann das restliche Öl hineingeben. Den Brokkoli hineingeben und 3 Minuten anbraten. Die Zuckererbsen zufügen und mit dem Brokkoli 1 weitere Minute braten.

NOCH 5 MINUTEN

Die marinierte Meeresfrüchtemischung in den Wok geben und 3 Minuten braten, bis die Garnelen rosa und Garnelen und Tintenfischringe durchgegart sind. In eine vorgewärmte Schüssel füllen und sofort servieren.

Fünf-Gewürze-Thunfisch

Diese chinesische Gewürzmischung gibt dem einfachen Gericht eine einzigartige Note.

Für 4 Personen

ZUTATEN

600 g Thunfischsteaks

1 EL geröstetes Sesamöl

2 EL Limettensaft

2 TL chinesisches Fünf-Gewürze-Pulver

1 Prise Meersalzflocken

200 g Pak-Choi

1 große Knoblauchzehe

1-cm-Stück frische Ingwerwurzel

1 Schalotte

4 EL Erdnussöl

4 EL Hühnerbrühe

1 TL Sojasauce

3 EL frisch gehackter Koriander

Salz und Pfeffer

NOCH 30 MINUTEN

Den Thunfisch in 3 cm dicke Stücke schneiden. Auf einen Teller legen und von beiden Seiten mit Sesamöl und der Hälfte des Limettensafts beträufeln. Das Fünf-Gewürze-Pulver fest in die Thunfischstücke reiben. Nach Belieben mit Meersalz und Pfeffer würzen. Die Pak-Choi-Stiele in Stücke schneiden und die Blätter in breite Streifen. Knoblauch und Ingwer in feine Scheiben schneiden und die Schalotte hacken.

NOCH 20 MINUTEN

Einen großen Wok auf hoher Stufe erhitzen. Die Hälfte des Erdnussöls hineingeben und erhitzen, bis es fast raucht. Den Fisch hineingeben und etwa 3–4 Minuten braten. Herausnehmen, auf einen Teller legen und warm halten. Den Wok auswischen. Den Herd auf mittlere bis hohe Stufe stellen, das übrige Öl in den Wok geben und Knoblauch, Ingwer und Schalotte 1 Minute anbraten.

NOCH 10 MINUTEN

Brühe und Sojasauce zugießen und die Pak-Choi-Stiele hineingeben. 1 Minute braten, dann die Pak-Choi-Blätter zufügen und weitere 2 Minuten garen, bis die Stiele weich sind. Den Fisch wieder in den Wok legen und kurz garen. Restlichen Limettensaft und Koriander einrühren und mit Salz und Pfeffer abschmecken.

Tipp!
Einen Wok mit einem langen Holzstiel benutzen. Der Holzstiel bleibt auch am sehr heißen Wok kühl und macht die Handhabung leichter. Ein hohler Metallgriff bleibt nur mäßig kühl.

Kapitel 4

GEMÜSE & BOHNEN

GEMÜSE & BOHNEN

Für Köche mit großem Appetit und wenig Zeit sind Gemüsegerichte ein Geschenk des Himmels. Viele Gemüsesorten kann man roh verzehren, andere wiederum schmecken am besten, wenn sie nur kurz gegart sind, aber noch Biss haben. Deshalb ist es oft sehr praktisch, Gerichte mit Gemüse zuzubereiten. Und die Zeit, die Sie beim Kochen von Gemüse einsparen, können Sie für kleine Extras einplanen, die Ihren Gaumen so glücklich machen wie Ihren Magen.

Salate eignen sich natürlich immer für schnelle Gerichte. Kombinieren Sie gewaschene Salatblätter, Bohnen aus der Dose und ein paar geschnittene, gewürfelte und gehackte Zutaten und vermengen Sie das Ganze mit ein wenig fertigem Dressing – schon ist ein Salat bereitet, der alle glücklich macht.

Wenn Sie einen herzhaften Salat voller Aromen und guter Nährstoffe suchen, probieren Sie unseren Superfood-Salat mit Quinoa. Er ist voller geschmacklicher Überraschungen – Kürbis, Baby-Spinatblätter, geröstete Kürbiskerne und frische Granatapfelkerne – mit Sesamdressing angemacht.

Auch Gemüsesuppen sind schnell zubereitet, wenn man fertige Gemüsebrühe und frisches oder Tiefkühlgemüse verwendet. Zur Sättigung können Sie wunderbar Nudeln – wie beispielsweise in unserer Gemüsesuppe mit Orzo – oder auch Reis hinzufügen.

Falls Sie Hunger auf ein Sandwich haben, könnten Sie zwar die vegetarische Version eines sonst mit Fleisch belegten amerikanischen Deli-Sandwiches mit Senf und

Gemüsegerichte im Handumdrehen

Mayonnaise versuchen. Doch leckere selbst gemachte Falafeln im Brot oder Baguettebrötchen mit gegrilltem Gemüse sind auch in weniger als 30 Minuten auf dem Tisch.

Unser Reis-Linsen-Curry enthält viel Gemüse sowie viele Proteine und köstliche Gewürze. Beim Gemüse-Risotto lernen Sie, wie ein cremiger Risotto in Windeseile gelingt, und die Pilze Stroganoff befriedigen alle Gemüter.

In vielen dieser Rezepte, wie etwa dem Scharfen Bohnen-Chili, verwenden wir Zutaten aus dem Vorratsschrank. Dosen mit Bohnen und gehackten Eiertomaten sollten Sie immer auf Lager haben, dann brauchen Sie nicht so viele frische Zutaten einzukaufen, um eine herzhafte Mahlzeit für die Familie zuzubereiten.

Gemüse und Früchte – gekocht oder roh – sollten immer so frisch wie möglich sein. Gemüse muss immer sorgfältig gewaschen werden, insbesondere, wenn es roh verzehrt wird. Die einzig sichere Alternative sind fertig vorbereitete Salatblätter aus einem verschweißten Beutel. Auf der Verpackungsangabe sollte jedoch ausdrücklich vermerkt sein, dass der Salat bereits gewaschen ist. Nach dem Waschen sollte Salat in einer Schleuder getrocknet oder mit einem sauberen Küchentuch trocken getupft werden.

Gemüse, Pasta und Reis kocht man am besten bissfest, d. h. weich mit ein wenig verbleibender Textur. Gemüse darf dabei leicht knackig bleiben.

Superfood-Salat mit Quinoa

Gesundes Gemüse, Samen, Früchte und Kerne ergeben hier ein schnelles Gericht, das so gut für Ihre Gesundheit wie köstlich ist.

Tipp! Dieser Salat hält sich mehrere Tage im Kühlschrank.

Für 4 Personen

ZUTATEN

1 Schalotte

450 g Kürbis (z. B. Butternutkürbis)

1 Brokkoli-Kopf

2 EL Olivenöl

170 g Quinoa

450 ml Gemüsebrühe

½ TL Salz

300 g gewaschene Baby-Spinatblätter

140 g Granatapfelkerne

35 g geröstete Kürbiskerne oder Sonnenblumenkerne

Dressing

2 EL Tahini

Saft von 1 Zitrone

2–3 EL Wasser

½ TL Salz

⅛ TL Pfeffer

1 Prise Cayennepfeffer

NOCH 30 MINUTEN

Die Schalotte würfeln. Den Kürbis schälen und würfeln. Den Brokkoli in kleine Röschen zerteilen. Das Öl in einem großen Topf auf mittlerer bis hoher Stufe erhitzen. Schalotte und Kürbis hineingeben und unter gelegentlichem Rühren 5 Minuten dünsten, bis die Schalotte weich ist. Die Quinoa zufügen und sorgfältig verrühren. Brühe und Salz zufügen und zum Kochen bringen. Die Herdplatte auf kleine Stufe stellen, den Deckel auflegen und alles 10 Minuten sanft kochen. Den Brokkoli zugeben und weitere 5 Minuten köcheln, bis Quinoa und Kürbis weich sind.

NOCH 10 MINUTEN

In der Zwischenzeit das Dressing zubereiten. Tahini, Zitronensaft, 2 Esslöffel Wasser, Salz, Pfeffer und Cayennepfeffer in einer kleinen Schüssel verrühren. Falls die Mischung zu dick ist, etwas mehr Wasser zugeben.

NOCH 5 MINUTEN

Quinoa und Gemüse in eine große Salatschüssel füllen. Den Spinat zufügen und untermengen, sodass der Spinat von der Hitze zusammenfällt. Mit dem Dressing begießen und nochmals vermischen. Den Salat mit Granatapfelkernen und Kürbiskernen garnieren und warm oder auf Zimmertemperatur servieren.

Gemüsesuppe mit Orzo

Orzo ist eine kleine Nudel aus Hartweizengries, geformt wie ein Reiskorn. Sie wird schnell gar und eignet sich gut, um Suppen und Ragouts Volumen und Textur zu verleihen.

Für 2 Personen

ZUTATEN

1 Bund Frühlingszwiebeln

1 EL Olivenöl

850 ml Gemüsebrühe

100 g getrocknete Orzo-Nudeln

175 g gegrillte rote Paprika in Öl, abgetropft

100 g grüne Bohnen

85 g Spinat

Salz und Pfeffer

Parmesan und natives Olivenöl extra, zum Servieren

Ganz leicht! Eine einfache Suppe, die ganz wenig Mühe macht und nur wenige Zutaten enthält.

NOCH 30 MINUTEN

Die Frühlingszwiebeln fein hacken. Das Öl in einem Topf auf mittlerer bis hoher Stufe erhitzen und die Frühlingszwiebeln 2–3 Minuten darin dünsten, bis sie weich werden.

NOCH 25 MINUTEN

Brühe und Nudeln zufügen und zum Kochen bringen. Nach Belieben mit Salz und Pfeffer würzen, den Deckel auflegen und 8 Minuten kochen. In der Zwischenzeit die roten Paprika in Streifen schneiden, die Enden der Bohnen kappen und die Bohnen in kurze Stücke teilen. Die Stiele von den Spinatblättern entfernen und die Blätter grob hacken.

NOCH 5 MINUTEN

Paprika, Bohnen und Spinat in den Topf geben und etwa 2–3 Minuten kochen. Abschmecken und nachwürzen, falls nötig. Parmesan darüberraspeln und mit etwas Olivenöl beträufeln. Sofort servieren.

1

2

3

Baguettebrötchen mit gegrilltem Gemüse

Diese gesunden vegetarischen belegten Baguettebrötchen kommen direkt vom Grill und eignen sich hervorragend für einen warmen Sommerabend. Fertiger Pesto verleiht ihnen ohne Arbeit ganz viel Aroma.

Für 4 Personen

ZUTATEN

1 kleine Aubergine

2 Knoblauchzehen

2 EL Olivenöl

2 rote, gelbe oder grüne Paprika

1 Zucchini

1 rote Zwiebel

4 Baguettebrötchen oder zugeschnittenes Ciabatta

4 EL Pesto

50 g Parmesanspäne

Salz und Pfeffer

Salat

280 g gewaschener Baby-Spinatblätter

3 EL Rotweinessig

½ TL Salz

¼ TL Pfeffer

4 EL Olivenöl

55 g Parmesan

NOCH 30 MINUTEN

Einen großen Teller mit einer doppelten Lage Küchenpapier auslegen. Die Aubergine in 5 mm dicke Scheiben schneiden und mit Salz bestreuen. Die Scheiben nebeneinander auf den vorbereiteten Teller legen. Den Knoblauch fein hacken und in einer kleinen Schüssel mit dem Öl vermischen. Die Paprika entkernen und in Ringe schneiden. Die Zucchini der Länge nach in 5 mm breite Streifen schneiden. Die Zwiebel in 5 mm dicke Ringe schneiden. Die Auberginen mit Küchenpapier trocken tupfen und alle Gemüsesorten von beiden Seiten mit Knoblauchöl bestreichen. Mit Salz und Pfeffer bestreuen.

NOCH 20 MINUTEN

Eine Grillpfanne auf hoher Stufe erhitzen und das Gemüse nebeneinander hineinlegen. 4 Minuten von jeder Seite grillen, bis das Gemüse weich ist und die Grillstreifen sichtbar werden. In der Zwischenzeit die Brötchen teilen und die Schnittflächen mit Pesto bestreichen. Die Salatblätter in eine Schüssel geben. Essig, Salz und Pfeffer in eine kleine Schüssel geben und langsam das Olivenöl mit dem Schneebesen einrühren. Über den Salat gießen und vermengen. Den Käse über den Salat raspeln und erneut vermengen.

NOCH 5 MINUTEN

Das gegrillte Gemüse auf die unteren Hälften der Brötchen schichten und mit Käse belegen. Die Brötchen mit dem Käse nach oben auf ein Backblech legen und unter den heißen Backofengrill schieben. 2 Minuten grillen, bis der Käse zu schmelzen beginnt. Die Oberseite der Brötchen auflegen und heiß servieren. Dazu den Salat reichen.

1

1

2

Falafeln im Brot

Dieser orientalische Imbiss lässt sich ganz leicht selbst machen und schmeckt frisch aus der Pfanne hervorragend.

Für 4 Personen

ZUTATEN

1 Schalotte

2–3 Knoblauchzehen

425 g Kichererbsen aus der Dose

30 g frische glatte Petersilienblätter

1 TL Korianderpulver

1 TL gemahlener Kreuzkümmel

½ TL Salz

1 Prise Cayennepfeffer

2 EL Olivenöl

2 EL Mehl

½ TL Backpulver

Rapsöl, zum Braten

Tahini-Sauce

2 EL Tahini

Saft von 1 Zitrone

2–3 EL Wasser

½ TL Salz

⅛ TL Pfeffer

1 Prise Cayennepfeffer

Zum Servieren

4 Pita-Brote

1 Romana Salat

1 große Tomate

½ Gurke

Kalamata-Oliven

NOCH 30 MINUTEN

Den Backofen auf 200 °C vorheizen. Die Pita-Brote in Alufolie wickeln und im Backofen erwärmen. Die Schalotte schälen und vierteln. Den Knoblauch schälen und mit der Schalotte in der Küchenmaschine hacken. Die Kichererbsen abgießen und abspülen und zu Knoblauch und Schalotte in die Küchenmaschine geben. Petersilie, Koriander, Kreuzkümmel, Salz, Cayennepfeffer, Olivenöl und Mehl zufügen. Alle Zutaten pürieren. Das Backpulver zufügen und erneut kurz pürieren.

NOCH 20 MINUTEN

Für die Sauce alle Zutaten in einer kleinen Schüssel verrühren. Eine große Pfanne 5 mm hoch mit Rapsöl befüllen und erhitzen. Aus dem Kichererbsenpüree kleine walnussgroße Bällchen formen und zwischen den Händen flach drücken – sie sollten etwa 5 mm dick sein. Sobald das Öl heiß ist, mehrere Falafeln in der Pfanne 1½–2 Minuten auf einer Seite anbräunen. Wenden und erneut 1½–2 Minuten von der anderen Seite braten. Aus der Pfanne nehmen und auf einen mit Küchenpapier ausgelegten Teller legen. Die übrigen Falafeln ebenso ausbacken.

NOCH 5 MINUTEN

Den Salat in Streifen und Tomaten und Gurke in Scheiben schneiden. Die Pita-Brote aus dem Ofen nehmen und halbieren. Jede Pita-Hälfte mit zwei bis drei Falafeln füllen, mit Tahini-Sauce beträufeln und mit Salat, Tomaten- und Gurkenscheiben füllen. Pro Person zwei Hälften servieren und dazu die Oliven reichen.

1

2

2

Tacos mit Kichererbsen-Salsa

Die Hauptzutat dieser eher ungewöhnlichen Tacos sind Kichererbsen, mit einem frischen Spritzer Limette.

Für 4 Personen

ZUTATEN

1 Tomate

1 kleine Zwiebel

2 feste reife Avocados

1 EL Limettensaft

1 EL Olivenöl

400 g Kichererbsen aus der Dose, abgetropft

1 TL mildes Chilipulver

8 Blätter Romana-Salat

8 Taco-Schalen

2 EL frisch gehackter Koriander, plus ein paar Stängel zum Garnieren

Salz und Pfeffer

150 g saure Sahne, zum Servieren

NOCH 30 MINUTEN

Die Tomate hacken und die Zwiebel in Scheiben schneiden. Die Avocados halbieren, schälen und würfeln. In einer Schüssel mit dem Limettensaft vermengen. Die Tomate unterrühren und mit Salz und Pfeffer würzen. Das Öl in einem Topf erhitzen und die Zwiebel 3–4 Minuten darin anbraten, bis sie goldbraun ist.

NOCH 10 MINUTEN

Die Kichererbsen mit einer Gabel zerdrücken und mit Chilipulver in die Pfanne rühren. Auf kleiner Stufe 2 Minuten unter Rühren garen.

NOCH 5 MINUTEN

Den Salat auf die Tacos verteilen. Den gehackten Koriander unter Avocado und Tomate mischen und dann in die Tacos füllen. Je 1 Esslöffel der Kichererbsenmischung darübergeben und mit 1 Esslöffel saurer Sahne bedecken. Mit Koriander garnieren und sofort servieren.

Ganz leicht!
Sie müssen die Tacos nicht für die Gäste oder Familie rollen. Bringen Sie alles an den Tisch und lassen Sie jeden seine eigenen Tacos zusammenstellen.

Scharfes Bohnen-Chili

In diesem vegetarischen Chili haben wir rote und weiße Bohnen verwendet, damit es noch mehr Textur und Geschmack bekommt.

Für 4 Personen

ZUTATEN

1 große Zwiebel

1 große grüne Paprika

2 Knoblauchzehen

2 EL Olivenöl

2 TL Chiliflocken

400 g gehackte Eiertomaten aus der Dose

300 g rote Kidneybohnen aus der Dose, abgetropft

300 g weiße Cannellini- Bohnen aus der Dose, abgetropft

3 EL frisch gehackter Koriander

Salz und Pfeffer

Tortilla-Chips, zum Servieren

Ganz leicht!
Für dieses Gericht verwenden wir viele Zutaten aus dem Vorratsschrank.

NOCH 30 MINUTEN

Die Zwiebel hacken, die grüne Paprika entkernen und hacken und den Knoblauch zerdrücken. Das Öl in einer großen Pfanne auf mittlerer Stufe erhitzen. Zwiebel und grüne Paprika hineingeben und 8 Minuten braten, bis das Gemüse weich und leicht gebräunt ist. Knoblauch und Chiliflocken hineinrühren, dann die Tomaten zufügen und alles 2 Minuten köcheln.

NOCH 15 MINUTEN

Rote und weiße Bohnen und Koriander zufügen, aufkochen und dann auf kleine Stufe stellen. 5 Minuten weiterkochen. Nach Belieben mit Salz und Pfeffer würzen.

NOCH 5 MINUTEN

In vorgewärmte Schalen füllen und sofort mit Tortilla-Chips servieren.

1

1

2

Spaghetti mit Grünkohl-Pesto

Dieses frische und gesunde Gericht bereitet man im Handumdrehen zu, während die Pasta kocht.

Für 4 Personen

ZUTATEN

225 g Grünkohl

450 g Spaghetti

40 g geröstete Pinienkerne

1 große Knoblauchzehe

abgeriebene Schale und Saft von 1 Zitrone

125 ml Olivenöl

30 g geriebener Parmesan, plus etwas mehr zum Garnieren

400 g weiße Cannellini- Bohnen aus der Dose, abgetropft

2 EL Chiasamen, zum Garnieren

Salz

Einfrieren!
Der Pesto kann in kleinen Portionen in einer Eiswürfelform tiefgekühlt werden. Die gefrorenen Portionen in einen Gefrierbeutel geben und nach Bedarf verbrauchen.

NOCH 30 MINUTEN

Wasser und Salz in einem großen Topf zum Kochen bringen und eine mittelgroße Schüssel mit Eiswasser füllen. Die Stiele und harten Adern des Grünkohls abschneiden und die Blätter im kochenden Wasser 45 Sekunden blanchieren. Mit einem Schaumlöffel den Grünkohl aus dem kochenden Wasser in das Eiswasser heben. Das Salzwasser erneut zum Kochen bringen. Den Grünkohl abtropfen, in ein sauberes Küchentuch legen und ausdrücken, um überschüssiges Wasser zu entfernen.

NOCH 20 MINUTEN

Die Spaghetti ins kochende Wasser legen und nach Packungsangabe kochen, bis sie weich, aber noch al dente sind. In der Zwischenzeit Grünkohl, Pinienkerne, Knoblauch und ¾ Teelöffel Salz in der Küchenmaschine pürieren. Zitronenschale und -saft hinzufügen. Erneut pürieren. Während die Küchenmaschine weiterläuft, das Olivenöl langsam zugießen, bis es ganz eingearbeitet ist. Den Käse zufügen und nochmals mixen.

NOCH 10 MINUTEN

Die Bohnen abgießen, abspülen und zu den Spaghetti geben. Die Spaghetti abgießen und etwas Kochwasser aufheben. Pasta und Bohnen mit dem Pesto vermengen. Falls nötig, etwas Kochwasser zugeben, damit der Pesto sich gleichmäßig über die Spaghetti verteilt. Großzügig mit Parmesan und ein wenig Chiasamen bestreuen und sofort servieren.

Reis-Linsen-Curry

Dieses farbenfrohe und gesunde Curry ist eine komplette Mahlzeit.

Zeit gewinnen! Mit vorbereitetem Gemüse ist das Curry noch schneller fertig.

Für 4 Personen

ZUTATEN

2,5-cm-Stück frische Ingwerwurzel

2 Knoblauchzehen

1 Zwiebel

2 Karotten

225 g Blumenkohl

225 g gewaschener Grünkohl

2 EL Olivenöl

2 EL Currypulver

1 TL Salz

90 g Basmati-Reis

90 g kleine grüne Linsen oder rote Linsen

700 ml Gemüsebrühe oder Wasser

125 ml Kokosmilch

1 Limette

Naturjoghurt und scharfe Sriracha-Sauce, zum Servieren

NOCH 30 MINUTEN

Ingwerwurzel und Knoblauch schälen und fein hacken. Zwiebel und Karotten würfeln. Den Blumenkohl in kleine Stücke hacken. Die Stiele und dicken Adern des Grünkohls entfernen und die Blätter in Streifen schneiden.

NOCH 25 MINUTEN

Das Öl in einer großen Pfanne auf mittlerer bis hoher Stufe erhitzen. Ingwer, Knoblauch und Zwiebel hineingeben und unter ständigem Rühren 2 Minuten dünsten, bis die Zwiebel weich wird. Currypulver und Salz einrühren. Gemüse, Reis, Linsen, Brühe und Kokosmilch zugeben und aufkochen.

NOCH 20 MINUTEN

Den Herd auf kleine Stufe stellen, den Deckel auflegen und etwa 15–20 Minuten sanft kochen, bis Linsen und Reis gar sind. Den Limettensaft ausdrücken und in das Curry rühren. Sofort mit Joghurt und Sriracha-Sauce servieren.

1

1

2

Pilze Stroganoff

Eine köstliche Abwandlung des klassischen Kalbfleischgerichts, mit Senf und Paprika gewürzt.

Für 4 Personen

ZUTATEN

1 Zwiebel

450 g Champignons

30 g Butter

1 TL Tomatenmark

1 TL grober Senf

150 g Crème fraîche

1 TL Paprikapulver, plus etwas mehr zum Garnieren

Salz und Pfeffer

einige Stängel glatte Petersilie, zum Garnieren

Ganz leicht! Dieses Gericht erfordert nur wenige Zutaten und macht kaum Mühe.

NOCH 30 MINUTEN

Die Zwiebel fein hacken und die Champignons vierteln. Die Butter in einer großen Pfanne mit schwerem Boden erhitzen. Die Zwiebel hineingeben und 5–10 Minuten dünsten, bis sie weich ist.

NOCH 15 MINUTEN

Die Champignons zufügen und einige Minuten braten, bis sie weich werden. Tomatenmark und Senf einrühren, dann die Crème fraîche unterheben. Auf kleiner Stufe 5 Minuten unter Rühren garen.

NOCH 5 MINUTEN

Mit Paprika, Salz und Pfeffer würzen. Mit Paprikapulver und Petersilie garnieren und sofort servieren.

1

2

2

Jamaikanischer Reis mit Erbsen & Tofu

Ein einfaches herzhaftes Gericht mit einer tropischen Note – ideal für ein schnelles Essen in der Woche.

Für 4 Personen

ZUTATEN

250 g Tofu

2 EL frisch gehackter Thymian, plus ein paar Zweige zum Garnieren

2 EL Olivenöl

1 Zwiebel

1 Knoblauchzehe

1 frischer roter Chili

400 ml Gemüsebrühe

200 g Basmati-Reis

4 EL Kokoscreme

400 g rote Kidneybohnen aus der Dose, abgetropft

Salz und Pfeffer

NOCH 30 MINUTEN

Den Tofu in mundgerechte Würfel schneiden. Mit der Hälfte des gehackten Thymians bestreuen und nach Belieben mit Salz und Pfeffer würzen. 1 Esslöffel Öl in einem großen Topf erhitzen, den Tofu hineingeben und unter gelegentlichem Rühren 2 Minuten anbraten. Vom Herd nehmen und warm stellen.

NOCH 25 MINUTEN

Die Zwiebel in Ringe schneiden, den Knoblauch zerdrücken und den Chili hacken. Das restliche Öl in den Topf geben und die Zwiebel darin unter Rühren 3–4 Minuten dünsten. Knoblauch, Chili und den restlichen gehackten Thymian einrühren, dann mit Brühe aufgießen und zum Kochen bringen. Den Reis unterrühren, die Herdplatte auf kleine Stufe drehen, den Deckel auflegen und 12–15 Minuten köcheln, bis der Reis gar ist.

NOCH 5 MINUTEN

Kokoscreme und Bohnen unterrühren, nach Belieben mit Salz und Pfeffer würzen und 2–3 Minuten sanft kochen. Den Tofu über den Reis geben und heiß mit Thymian garniert servieren.

Tipp!
Tofu ist eine fantastische Zutat, wenn man ohne Fleisch kochen möchte. Schneiden Sie den Tofu in gleich große Würfel. Dadurch kann er gleichmäßig garen.

Gemüse-Risotto

Ein kleiner Trick lässt dieses traditionell aufwendige Gericht schnell fertig werden und ergibt dennoch einen perfekt gegarten Risotto.

Für 4 Personen

ZUTATEN

375 g Risotto-Reis, z.B. Arborio

1 l Wasser

1 Fenchelknolle

1 Schalotte

350 g grüner Spargel

2 EL Olivenöl

50 ml trockener Weißwein

1 l Gemüsebrühe

1 Handvoll frische Petersilie

2 EL Butter

70 g zerbröselter Ziegenkäse

30 g geriebener Parmesan, plus etwas mehr zum Garnieren

1 Zitrone

Salz

NOCH 30 MINUTEN

Den Reis gründlich unter fließend kaltem Wasser waschen. Dann mit dem Wasser und etwas Salz in einen großen Topf geben. Aufkochen und anschließend etwa 7 Minuten ohne Deckel auf kleiner Stufe köcheln. In der Zwischenzeit den Fenchel säubern, den Strunk herausschneiden und Fenchel und Schalotte würfeln. Den Spargel in 4 cm lange Stücke schneiden. Den Reis durch ein Sieb abgießen und beiseitestellen.

NOCH 20 MINUTEN

Das Öl in einem Topf erhitzen. Schalotte und Fenchel hineingeben und unter ständigem Rühren 3 Minuten dünsten, bis das Gemüse weich wird. Den Wein zugießen und 1 weitere Minute kochen. Reis, Brühe, Spargel und ein wenig Salz zufügen und alles zum Kochen bringen. Auf mittlere Stufe stellen und weitere 12 Minuten köcheln. Dabei gelegentlich umrühren, bis der größte Teil der Brühe verkocht ist. In der Zwischenzeit die Petersilie fein hacken.

NOCH 5 MINUTEN

Den Risotto probieren. Wenn der Reis noch nicht gar ist, ein wenig mehr Brühe zugeben und ein paar Minuten weiterköcheln. Butter, Ziegenkäse und Parmesan unter den Risotto mengen. Die Schale von der Zitrone abreiben und den Saft auspressen. In den Risotto geben und sorgfältig vermengen. Sofort mit Parmesan und Petersilie garniert servieren.

1

1

3

Gemüseragout mit Couscous

Aus Kichererbsen, buntem Gemüse und mit Garam Masala gewürztem Couscous wird ein komplettes und sättigendes Gericht.

Zeit gewinnen! Knoblauch lässt sich prima mit einer Knoblauchpresse zerdrücken.

Für 4 Personen

ZUTATEN

1 Zwiebel

2 Knoblauchzehen

2 EL Olivenöl

1 orangefarbene oder rote Paprika

225 g grüne Bohnen

400 g Kichererbsen aus der Dose

2 EL Garam Masala

1 TL Salz

225 ml Gemüsebrühe

400 g gehackte Tomaten aus der Dose mit Saft

200 g Couscous

300 g gewaschene Baby-Spinatblätter

2 EL frische Petersilienblätter

1 Zitrone

Zum Garnieren

Naturjoghurt

Sriracha-Sauce

Chiasamen

NOCH 30 MINUTEN

Die Zwiebel würfeln und den Knoblauch fein hacken. Das Öl in einer großen Pfanne auf mittlerer bis hoher Stufe erhitzen. Zwiebel und Knoblauch hineingeben und unter gelegentlichem Rühren 5 Minuten dünsten, bis die Zwiebel weich ist. In der Zwischenzeit die Paprika entkernen und würfeln. Die Enden der Bohnen kappen und die Bohnen in 5 cm lange Stücke schneiden. Die Kichererbsen abgießen und abspülen.

NOCH 20 MINUTEN

Bohnen und Paprika mit Kichererbsen, Garam Masala und Salz in die Pfanne geben. Brühe und Dosentomaten mit Saft zugießen und alles zum Kochen bringen. 5 Minuten köcheln, bis die Bohnen beginnen, weich zu werden. Couscous und Spinat unterrühren, vom Herd nehmen und abdecken. Etwa 5 Minuten ziehen lassen, bis der Couscous weich und der Spinat zusammengefallen ist. In der Zwischenzeit die Petersilie fein hacken.

NOCH 5 MINUTEN

Die Zitrone auspressen und den Saft mit der Petersilie unter das Ragout mengen. Mit einem Löffel Joghurt, einem Spritzer Sriracha-Sauce und einer Prise Chiasamen garnieren und heiß servieren.

1

2

2

Tomaten-Ratatouille

Dieses mediterrane Gericht voll frischem Gemüse kann als Beilage zu Fleischgängen oder als eigenständige Mahlzeit serviert werden.

Für 4 Personen

ZUTATEN

1 Zwiebel

2–4 Knoblauchzehen

1 kleine Aubergine

1 Zucchini

je 1 rote und 1 gelbe Paprika

1 TL Olivenöl

2 EL Tomatenmark

3 EL Wasser

110 g Champignons

225 g Tomaten

Pfeffer

1 EL in Streifen geschnittenes Basilikum, zum Garnieren

2 EL geriebener Parmesan, zum Servieren

Einfrieren! Übriges Ratatouille kann ein einem Gefrierbehälter bis zu 3 Monate eingefroren werden. Sorgfältig auftauen und 15 Minuten sanft erwärmen.

NOCH 30 MINUTEN

Die Zwiebel in kleine Spalten schneiden und Knoblauch und Aubergine hacken. Die Zucchini hacken, dann die Paprika entkernen und hacken. Das Öl in einem großen Topf mit dickem Boden erhitzen. Zwiebel, Knoblauch und Aubergine hineingeben und unter häufigem Rühren 3 Minuten braten. Rote und gelbe Paprika und Zucchini zufügen.

NOCH 20 MINUTEN

Tomatenmark und Wasser in einer kleinen Schüssel verrühren und in den Topf gießen. Aufkochen, den Deckel auflegen, den Herd auf kleine Stufe stellen und alles 10 Minuten köcheln.

NOCH 10 MINUTEN

Die Champignons halbieren und mit den Tomaten in den Topf geben. Nach Belieben pfeffern und 8–10 Minuten weitergaren. Gelegentlich umrühren, bis das Gemüse weich ist. Auf vorgewärmte Teller oder Schalen verteilen, mit Basilikum garnieren und mit Käse servieren.

1

1

3

Laksa mit Pilzen & Tofu

Diese scharfe Kokosbrühe aus Malaysia ist eine volle Mahlzeit und ein richtiges Eintopfgericht.

Für 4 Personen

ZUTATEN

250 g Shiitake-Pilze

150 g fester Tofu

850 ml Gemüsebrühe

400 ml Kokosmilch

2 EL Tomatenmark

175 g asiatische Eiernudeln (ohne Vorkochen)

Salz und Pfeffer

8 Frühlingszwiebeln und 1 Handvoll Minzeblätter

Gewürzpaste

2 rote Chilis

4-cm-Stück frische Ingwerwurzel

2 große Knoblauchzehen

2 Stängel Zitronengras

1 TL Koriandersamen

6 Macadamianusskerne

1 kleine Handvoll frische Korianderblätter

3 EL Pflanzenöl

NOCH 30 MINUTEN

Für die Gewürzpaste die Chilis entkernen und hacken, den Ingwer schälen und hacken, Knoblauch und Zitronengras hacken und alles in der Küchenmaschine oder mit dem Stabmixer mit Koriandersamen, Nüssen, Korianderblättern und Öl glatt pürieren.

NOCH 20 MINUTEN

Die Stiele von den Pilzen entfernen und die Hüte in dünne Scheiben schneiden. Den Tofu würfeln. Den Wok auf mittlerer bis hoher Stufe erhitzen und die Gewürzpaste 30 Sekunden darin erhitzen. Brühe und Kokosmilch hineingießen und zum Kochen bringen. Pilze, Tofu und Tomatenmark zufügen und mit Salz und Pfeffer würzen. Die Nudeln hineingeben und etwa 5 Minuten köcheln.

NOCH 5 MINUTEN

Frühlingszwiebeln und Minzeblätter hacken. Die Laksa in vier vorgewärmte Suppenschalen füllen. Mit Frühlingszwiebeln und Minze garnieren und sofort servieren.

Wokpfanne mit Kohl & Walnüssen

Ein großartiges Wokgericht mit verschiedenen Aromen und Texturen, das alle mögen werden.

Für 4 Personen

ZUTATEN

2 Knoblauchzehen
350 g Weißkohl
350 g Rotkohl
8 Frühlingszwiebeln
225 g fester Tofu
4 EL Erdnussöl
1 EL Walnussöl
2 EL Zitronensaft
100 g Walnusskerne
2 EL Dijon-Senf
Salz und Pfeffer
2 EL Mohnsaat, zum Garnieren

Tipp!
Das Öl sollte sehr heiß sein, bevor Knoblauch, Kohl, Frühlingszwiebeln und Tofu hineingegeben werden.

NOCH 30 MINUTEN

Den Knoblauch zerdrücken, Weißkohl und Rotkohl reiben und die Frühlingszwiebeln säubern und in Scheiben schneiden. Den Tofu würfeln. Den Wok auf hoher Stufe erhitzen. Erdnussöl und Walnussöl hineingeben und sehr heiß werden lassen. Knoblauch, Weißkohl, Rotkohl, Frühlingszwiebeln und Tofu in den Wok geben und 5 Minuten unter Rühren anbraten.

NOCH 10 MINUTEN

Zitronensaft, Walnüsse und Senf zufügen und gut umrühren. Nach Belieben mit Salz und Pfeffer würzen und weitere 5 Minuten garen, bis der Kohl gar ist.

NOCH 5 MINUTEN

In vorgewärmte Schalen füllen. Mit Mohnsaat garnieren und sofort servieren.

1

1

2

NÜTZLICHE INFORMATIONEN

Obwohl die meisten dieser Rezepte mit einfachsten, nahezu in jedem Haushalt vorhandenen Küchenutensilien zubereitet werden können, gibt es einige Gegenstände, die Ihnen helfen können, in Ihrer Küche blitzschnell voranzukommen.

Ein scharfes Gemüsemesser

Nur mit einem scharfen Meser von guter Qualität können Lebensmittel zur weiteren Verarbeitung problemlos gehackt, gewürfelt und geschnitten werden.

Küchenmaschine

Eine Küchenmaschine reibt Käse, hobelt oder hackt Gemüse und verquirlt Saucen und Marinaden im Handumdrehen.

Stabmixer

Der Stabmixer ist der beste Freund aller Suppenliebhaber. Ein praktisches Gerät, mit dem Sie Suppen direkt im Topf pürieren können. Damit brauchen Sie eine Suppe nicht erst in die Schüssel des Mixers und wieder zurück in den Topf zu gießen.

Grillpfanne

Eine geriffelte Grillpfanne gart so schnell wie der Holzkohlengrill, leistet aber auch bei schlechtem Wetter gute Dienste.

Wok

Wokbraten ist eine der schnellsten Gartechniken. Die besten Woks sind aus Carbonstahl, der die Hitze schnell und gleichmäßig verteilt.

Pfanne

Eine große Pfanne mit schwerem Boden und leicht schrägen Wänden ist zum schnellen Braten unerlässlich. Wenn Sie einen hitzebeständigen Griff hat, kann sie auch zum Überbacken oder Grillen in den Backofen gestellt werden.

ZUBEREITUNGSMETHODEN

Kenntnisse über die besten Zubereitungsmethoden für die verschiedenen Zutaten helfen Ihnen, beim Kochen zügiger voranzukommen. Natürlich machen Übung und Erfahrung den perfekten Koch aus, doch nachstehend finden Sie ein paar Methoden für eine gute Ausgangsbasis:

Fleisch hacken

Fleisch wird meist durch einen Fleischwolf gedreht, um es zu Hackfleisch zu verarbeiten. Kleine Mengen kann man auch mit einem Messer hacken.

Fleisch klopfen

Hierbei schlägt man mit einem Fleischklopfer auf mit Frischhaltefolie abgedeckte rohe Fleischstücke, um die Fasern vor dem Braten oder Grillen weicher und das Fleisch zarter zu machen.

Hacken

Um beispielsweise eine Zwiebel zu hacken, die Zwiebel vom oberen Ende bis zum Wurzelansatz halbieren, mit der Schnittseite nach unten auf ein Brett legen und vom Wurzel- bis oberen Ende längs in feine Scheiben schneiden. Dann das Messer drehen und quer dazu die Zwiebel in möglichst gleichmäßige kleine Stücke schneiden. Kräuter hacken ist ebenfalls wichtig. Dazu ein großes Messer mit einer Hand an der Spitze nach unten drücken und mit der anderen Hand den Griff des Messers nach oben und unten bewegen. Dabei von rechts nach links und wieder zurück bewegen, um mehrfach über die Kräuter zu arbeiten. Man kann grob oder fein hacken: Grob bedeutet, dass die Stücke noch etwa 1 cm groß sein können, fein bedeutet erheblich kleinere Stücke. Die gehackten Stücke einer Zutat sollten möglichst gleich groß sein.

Mahlen

Gewürze können im Mörser zerstoßen oder in einer für diesen Zweck benutzten Kaffeemühle gemahlen werden. Die Küchenmaschine kann man zum Mahlen von Nüssen und Schokolade benutzen.

Marinieren

Durch das Einlegen in einer Marinade werden Zutaten weich und nehmen den Geschmack von Kräutern und Gewürzen auf. Fleisch, Geflügel und Wild werden oft mariniert. Das Fleisch wird mit einer Mischung aus Öl, Wein oder Essig und Aromen wie Knoblauch und Kräutern bedeckt.

Mit dem Schneebesen schlagen

Mit dem Schneebesen wird beim Schlagen Luft in die Zutat eingearbeitet. Meist wird diese Methode benutzt, um Eiweiß oder Sahne steif zu schlagen. Schneller und einfacher geht es mit dem elektrischen Handmixer. Ein großer Schneebesen in einer großen Rührschüssel und ein starker Arm kommen jedoch auch ans Ziel.

Mixen

Mixen kann das einfache Mischen von Zutaten sein, oder auch das Zerkleinern und Mischen der Zutaten bis hin zum Pürieren bedeuten. Man kann Speisestärke und Wasser zu einer glatten Paste mixen oder rühren, bevor diese zum Verdicken von Suppen und Saucen verwendet wird. Mixen ist aber auch das Zerkleinern und mischen aller Zutaten einer Suppe mit dem Stabmixer oder das Mixen von Zutaten in der Küchenmaschine, bis sich eine glatt pürierte Mischung ergibt.

Reiben

Mit einer Reibe wird die Zutat in kleine Teilchen gerieben. Eine viereckige Küchenreibe ist nützlich, da sie auf jeder Seite unterschiedliche Größeneinstellungen bietet und man mittelgroß und fein reiben kann. Die Küchenmaschine reibt sehr schnell und ist nützlich, wenn man große Mengen einer Zutat reiben muss.

Schneiden

Fleisch, Obst und Gemüse werden meist zunächst einmal geschnitten. Das Messer hierbei richtig zu benutzen, ist ein wichtiger Schritt in der Vorbereitung. Richtig vorbereitete Zutaten garen gleichmäßiger garen und sehen besser aus. Ein gutes Messer und ein festes Schneidebrett sind hierfür wichtig. Das Messer sollte immer scharf sein, denn stumpfe Messer können auch zu Unfällen führen. Benutzen Sie das richtige Messer für die jeweilige Tätigkeit, beispielsweise ein Brotmesser für Brot und ein gezacktes Messer für Tomaten.

Würfeln

Würfel sollten nicht nur die gleiche Größe haben, sondern auch eine regelmäßige Form. Gewürfelte Gurke sollte aus kleinen Würfeln bestehen.

Zerstoßen

Diese Methode wird meist für Knoblauch und Kräuter verwendet. Knoblauch kann man mit der breiten Seite eines Messers zerdrücken oder in einem Mörser zerstoßen. Er kann auch durch die Knoblauchpresse gedrückt werden.

HILFSMITTEL AUS DEM SUPERMARKT!

GEKAUFTE ZEIT – ZEITSPARTIPPS AUS DEM SUPERMARKT

Was findet man heutzutage nicht im Supermarkt? Es gibt unzählige Produkte, mit denen man Zeit sparen kann. Hier sind einige unserer liebsten Hilfsmittel, die wir in diesem Buch verwendet haben:

- Beutel mit fertig abgepackten und gewaschenen Salat- und Spinatblättern
- Beutel mit fertig abgepacktem frischem Gemüsen wie geriebener Kohl, geriebene Karotten oder Krautsalatmischung
- Tiefkühlgemüse wie Mais, Erbsen und Mischgemüse für Wok- und Gemüsepfannen
- Kartoffeln, die nicht geschnitten und geschält werden müssen
- Pürierter Knoblauch im Glas
- Fertig gegartes Fleisch wie gekochter Schinken oder gegrilltes Hähnchen.
- Schnell garende Fleischstücke wie Koteletts und Filet
- Fertig geschnittenes oder gewürfeltes Fleisch
- Hackfleisch (Rind, Lamm, Schwein, Hähnchen oder Pute)
- Rindfleischschnitte für den Wok
- Ausgelöste Garnelen
- Tiefgekühlte Meeresfrüchte
- Bohnen in Dosen
- Gehackte Tomaten in Dosen
- Fertige Brühe (Gemüse-, Hühner- oder Rinderbrühe)
- Geriebener Käse

Weitere großartige Hilfsmittel aus dem Supermarkt sind Fertigsaucen, in denen man Fleisch und Gemüse für ein schnelles aromatisches Essen schmoren kann: Curry-Pasten (thailändische und indische), Salatsaucen, Pastasaucen, Instant-Reis, den man schnell in der Mikrowelle zubereitet; gefrorene geriebene Kartoffeln.

Vorsicht! Heiß!

Backofentemperaturen

Temperatur	Gasstufe	relative Temperaturentwicklung
110°	1/4	lauwarm
120°	1/2	lauwarm
140°	1	mäßig warm
150°	2	mäßig warm
160°	3	warm
180°	4	warm
190°	5	mäßig heiß
200°	6	mäßig heiß
220°	7	heiß
230°	8	sehr heiß

Löffelmaße

1 TEELÖFFEL = 5 ML

1 ESSLÖFFEL = 15 ML

Herdarten

Gas- und Elektroherd

Viele Köche schwören auf das Kochen und Backen mit Gas, da die gewünschte Hitze sofort verfügbar ist und ebenso schnell wieder ausgeschaltet werden kann. Zudem ist die höhere Luftfeuchtigkeit, die im Gasbackofen entsteht, für viele Gerichte und Backwaren sehr vorteilhaft. Der Nachteil einer Gaskochstelle liegt in der höheren Verbrennungsgefahr durch die offene Flamme. Beim Elektroherd liefert ein Heizdraht, der spiralförmig in einer Keramikmasse liegt, die Hitze fürs Kochen und Backen. Durch die Kochfelder wird die Hitze auf das Metall des Kochtopfs übertragen. Elektroherde haben den Nachteil, dass die Kochplatten sehr viel Wärmeenergie zwischenspeichern. Der Herd reagiert somit sehr langsam auf eine Temperaturänderung. Allerdings geht bei beiden Techniken viel Wärmeenergie verloren, da diese auch an die Umgebung abgegeben wird.

Induktionsherd

In einem Induktionsherd wandelt ein Generator den Strom mit einer Frequenz von 50 Hertz in Hochfrequenzstrom von etwa 25 000 Hertz um. Dieser Hochfrequenzstrom erzeugt in einer Kupferdrahtspule unter dem Kochfeld ein magnetisches Wechselfeld, das in den Topfboden eindringt. Dieses Wechselfeld erzeugt Wirbelströme, die dann wiederum für die Wärmeerzeugung im Topfboden verantwortlich sind. Da die Wärme direkt im Topfboden erzeugt wird, entfällt die Vorheizphase, was eine Verringerung der Wärmeabstrahlung an die Umgebung bedeutet. Dadurch spart man Energie. Zudem ist die Verbrennungsgefahr deutlich niedriger, da die Kochfläche selbst nicht heiß wird. Für das Garen mit dem Induktionsherd benötigen Sie allerdings auch spezielles Kochgeschirr mit einem magnetisierbaren Boden. Die aufwendige Elektronik des Herds hat leider auch einen hohen Anschaffungspreis.

Register